臺北是我的夢幻島

熊一蘋——著

目次

推薦序

終於登出夢幻島

◎盛浩偉（作家）

認識熊已經多久了？印象裡是他進入臺灣文學研究所的時候；他是小我一屆的學弟。為了確認答案而翻找臉書的對話紀錄，意外發現我們在網路上聊天頻率算低，所以很快就找到了最初的對話。原來，在進臺文所之前就有過聯繫了。他是政大輕痰讀書會的一員，想邀請彼時仍可以稱為「新一代寫作者」的我進行訪談。這是二〇一三年的五月左右。——至此我才依稀憶起那場訪談的情狀。除了熊，還有其他輕痰成員，我們聊到了一些對於寫作的想像，為何而寫，為誰而寫，還有認同，等等。

然後，再下一則對話，就已經是隔年。話題一樣是跟輕痰讀書會有關。熊希望能募集一些容易引起共鳴的短文，編成一份小報，發放給立法院周邊那些在靜坐的人群。這則邀稿訊息是在二〇一四年三月二十七日傳來的，那時三一八與三二三行政院驅離都發生過了，甚至以後見之明來看，靜坐也已經進入尾聲。

作為證據，這樣的對話紀錄讓我意外。因為光憑腦海裡浮現的片段，有不少是我們在談論自己的創作、身邊的創作者、受注目的作品、文學獎與文壇，或是臺灣文學史上的那些課題——就像最典型的創作者、文學愛好者情誼那樣——也許是因為這些對話發生在現實中而非網路上，所以留下的痕跡也只在彼此的記憶裡而已。

但另一個讓我意外的點是，這兩則已經超過十年前的對話的重點，竟與《臺北是我的夢幻島》的幾個重要主題遙相呼應：踏上寫作之路的迷惘和思索，以及創作者介入社會的角色與反思。

關於踏上寫作之路的迷惘，在〈寫作〉揭露得尤為深切。熊自陳，幼時寫作的才能受到肯定，到長大真的得了大型文學獎、獲得「文壇入場券」之後，卻並未踏上一路順風的發展，反倒在心靈的路途上受阻。這也許是不少人都有過的經驗：開始寫作的動機與初衷可能很單純，新手憑藉著心裡一股強烈的情感、衝動，直截了當地宣洩出來，常常也就是一篇佳作；但隨著經驗累積與成長，作者勢必得學會控制收放的技巧，寫作也就不會像是打開水龍頭那樣，單純停留在宣洩而已。然而，「不放縱直覺，我就不會寫作」，熊這樣寫道：「我脫離了新手期，對作家的能力要求拉到我還沒抵達的高度，更沒有高到能意識到這一點。」

也許讓難上加難的是，意識到寫作不只是關乎書寫者自身而已。畢竟，還有其他寫作者，有各式各樣的讀者，還有整個社會。如〈紅蘿蔔盤子〉裡，在與身邊寫作同儕的比較之下，更意識到「我是一個，一直慢了幾拍的人」。又或者，是意外躬逢巨大的社會運動，在三一八、三二三的行動裡浸淫在強烈的激情、焦慮、衝動，接著在運動結束之後感到挫折，因而被虛無反撲，就像是在〈對與錯與我們的超展開〉裡寫的那樣。我還想起，熊在二〇一五年曾自費出版過一本小說集《超夢》，集子裡的〈代跋〉也交代了這種迷惘和挫折：「時代真的很快，太快了。寫得這麼慢，故事很容易被掐掉發展。」

比起果決，熊似乎更傾向沉吟再三，一如輯二的取名「迷失男孩」。確實，遲疑、猶豫，這些都不是社會主流所鼓勵或肯定的特質，但我卻經常在許多認識的優秀創作者身上看見；只因這沉吟的過程，有時候也意味著思考得更多，感受得更多，遂也就是望見更繁複深邃心靈風景的契機。有趣的是，在這一輯中，讀者如我彷彿更能想像熊之所以會養成這種內在特質，或許是源自於姓，也源自於性。如〈我是熊，沒有名字〉這篇，寫出稀有姓氏帶來的種種交織課題，因而生發某種孤立於他人之外的感受，必須處處周旋。又如〈體育〉、〈可是亂馬就可以〉赤裸裸的告白：即使生理性別、性傾向，是主流的異性戀男性，卻仍感到處處不符合理想男性形象、自覺異於「男生該有的樣子」的心理糾結。當然，還必須提及〈去打倒壞人吧〉裡歷經霸凌加害者、受害者雙重身分之後的面對與反省，讓換位思考成為可能。

因為繞了迂迴的路，反而能探知最短路徑上的盲點與陷阱，也能敏銳察覺名與實之間的落差。典型與刻板未必就是適用所有人的真理，至少看起來在熊的身上不是。然而，人生如果只剩沉吟、輾轉反側、總是想著要有更多面前以外的可能卻不接受任何現實，那最終也只是裹足不前在原地，眼睜睜望著時間如流沙逝於指間罷了。我想，熊是懂得這件事的，所以這本集子裡仍有著毫不遲疑的堅定。那份堅定展現在整個輯三「溫蒂」裡，展現為愛的模樣——是了，愛是少數不需要沉吟再三的事。無論這是熊本能就會的，還是他的「溫蒂」，巧棠，使他領略的，總之，那成就了這一輯的價值，珍貴而美好。

這整本散文集能夠形成，想必也有某種堅定潛藏其中。回看〈寫作〉這一篇，熊描述自己從寫作到不能寫作，再到重新提筆、「選擇」寫作的歷程，敘述的節奏語調雖然輕快，彷彿平靜無波，

但若能設身想像熊所曾經歷過的靈魂拷問，才能體會光是這個「選擇」本身，就

有多大的堅定在裡頭。

這不是熊的第一本書，卻是熊的第一本正式出版，且關於自己、寫「自己的東西」的書。回頭看我們最初的對話，已經距離了好久、好遠，久遠得足以濃縮出這樣一本集子，當作對彼時巨大困惑的回應。

也當作登出夢幻島、準備步上日後更漫長旅程的第一步。

Bon voyage.

推薦序

有故事的熊同學

◎陳玠安（作家、資深樂評人）

讀著熊一蘋新書，不禁想著，若與他同窗，會是什麼樣的情況？這份奇想，來自某些方面有著相似的經歷，雖然色調與背景不大相同，仍可見清晰的核心樣態：因早熟而產生的異色青澀、立志於文學創作與搖滾樂的模樣、與現實接壤後的喟嘆、具有哲學邏輯的生活反思、激情年代後仍從積累中探尋救贖。熊一蘋，應該會是那種跟我成為好友的同學吧。

我虛長熊一蘋幾歲，不過，未到「十年一代」的差距，尚在一個能夠「銜接」的範圍。於是，我幾乎能清楚看見二〇一〇年代的 live house 裡，我出現在場子邊角處，仍想參與，卻因為音樂雜誌的截稿而昏昏欲睡，而熊一蘋這代人，正在前排吶喊熱烈。當我從新銳作家「退役」，熊一蘋正是竄起的搖滾樂「說法」。當我搬回花蓮，寫出自己也不曾料想過的書，且有幸跟熊一蘋對談，他跟我說，準備要搬去台南。

就因為我們物理上真實離開臺北，那種同學的氛圍，才更完整了起來。臺北是成長，同時也不僅於此，它是必然具有上下文的概念，最直接的是，不在臺北寫臺北，直接離開，再寫。真的不同。那是觀點，更是體會。

居住臺北，太容易藉著氛圍借題發揮了，它是必須抽離的濾鏡。但那濾鏡很美，許多作者於是不像熊一蘋能夠直率的寫，非要把濾鏡調爆，講一個感覺，講一個沒人相信的故事，只因為聽起來很像一個故事。

不，你必須真有故事，才能說故事。借宋冬野的〈董小姐〉歌詞一用，熊一蘋就是「有故事的熊同學」。

寫〇〇年代跨到一〇年代的背景的作者，還是不夠多，作為經歷過那時代的讀者，欣見熊一蘋努力描述著那個雖不遙遠，卻宛如隔世的世代。如今，我或許是他所見到最年輕一輩的老人，他則可能是我見到最老一輩的年輕人——我喜歡這個說法，因為我們都基因性老成，有時候可能連自己也不太喜歡這樣的自己，可沒辦法，衝撞與自省寫下了某種蒼涼，老靈魂確實是一種說法，要更精確一些，是「真貨」。

某一個聚會上，前輩們與我聊到年輕的樂評人，我提及並認可熊一蘋，「他是真貨」。真貨，會因為自己的渴望與焦慮，去追求喜愛的一切，不是為了變成一個文青，或者更酷更 chill 更潮的人，不是為了變成一個懂很多的人，而是「我真的太愛這件事情了」。真貨不求目的性，只求追逐的過程裡，燃燒出屬於自己的藍色火焰。而多數我見到寫音樂相關文字的新秀作者，他們的火焰永遠無法是藍色的，光是紅色黃色的火，就夠秀、夠賣弄，就夠奪眼球奪社群了。熊一蘋顯然是更為忠於信念的一位作者，他是藍色的火焰。他是真貨，他是超越文青，用藍色火焰鍛鍊出來的「鐵青」。

這本文集，我當成小說家的自述來讀，非常有趣的串起了《我們的搖滾樂》。以熊一蘋處理文字的能力，新書直言不諱的程度，對我而言，甚至比前作更搖滾一些。書寫到了一個程度，最難的是寫自己，且率真的寫，哪怕裡頭有慚愧有心碎，在三十歲寫，一定比十七歲寫更難。熊一蘋做到了許多難得的部分，我格外欣賞他在形容詞上的極度節制，喜歡就說喜歡，不喜歡就說不喜歡，沒什麼贅詞，但富有哲思，偶爾一錘定音的描繪，讀起來很是爽快，超越情懷。

說自己故事的作者，多得是瑣碎與斑斕，搞得我甚至以為，他們要寫的就是瑣碎本身，但熊一蘋「才不是那個沒有故事的男同學」，他把整本書的調性立穩，以至於流暢也好，時間感也好，訴說的「臺北」也好，都是清晰明朗、具備多向度的。他把內心戲跟現實做了很犀利的調度，這是小說家的功力，即使第一人稱，他也有隨時轉換角度的方法。

熊一蘋的「同學」感，也來自於我讀見的親切。他很有內涵，卻不吊書袋，不急著把自己的認知往文字裡丟，那口吻像是教室裡各自寂寥的同學，突然建立起了生活感的對話。向來討厭回想校園歲月的我，透過閱讀那些細節，一次次看見窗邊那個帶著疏離感的同學，一說上話，卻很熱血。

那是我，也是熊一蘋。

不曾消失的人生課題，其情感似乎是相似的：它們已經並不真正困擾著我們，即使經過生活的脈絡，經過了看清的革命，那些近乎原罪的思辨仍使我們尷尬與內疚。我們一直問著自己從何而來，也問著自己是否因為種種特別的事情，能去到奶與蜜之地。在搖滾樂與文學，在人際與情感，世界並不繞著我們轉，但我們仍然努力的挺起腰桿，以一種自我鍛鍊的硬核內在，讓自己活下去。

書末，熊一蘋談起了台南的生活，談起了與伴侶的生活細節，令人動容：鐵桿文藝，仍要吃喝呼吸，除了超我，還有親密關係。我們都活了一次又一次，而臺北是逃不出的愛恨座標，作為不需逃離的逃離者，稱不上歸來的歸來者，我看見有故事的熊同學，以更輕盈的身影，在演出場地、酒吧吧台、書店座談中，與更多故事相遇。在眾人急於對時代舉杯以前，誠實的作者，會先好好的對自己舉杯。我期盼他能繼續如實地寫下一切，堅硬內核，我還想讀到更多不需晦澀，仍色彩鮮明的故事。

輯一

彼得潘

臺北是我的夢幻島

優秀的讀者會對與書名同名的這篇散文抱有特別的期待，我想你正是其中之一。

不過很抱歉，接下來的內容用一句話就能概括：我讀了小說《彼得潘》，發現我對臺北的印象幾乎就是裡頭描述的永無島，決定搬離臺北。後段還會有個跟棠有關的小亮點，剩下沒了，就只有這樣。

但優秀的讀者不會因為作者這樣寫就放棄一篇文章，對吧？

好啦，不管你接不接受我用優秀讀者勒索你的閱讀意願，我都得把上面那句話擴充成十幾頁囉哩囉唆的流水帳（好讓我結掉用這個篇名申請的補助案）。就算真的是流水帳，我想你還是會看吧。

說真的，有哪個臺灣人不喜歡看人談論臺北，說臺北壞話？臺北人或許是，但他們會假裝喜歡，附和其他人說的壞話，然後在心裡想：還是我嫌棄得更到位。

但我真的、真的不是想要說臺北的壞話。如果有人像戀愛漫畫的橋段一樣，硬要我在喜歡和討厭選一邊，我還是會說喜歡臺北，只是我表達喜歡的方式顯得有點壞。

這樣說起來，我和我心目中的臺北人也沒差多少。

我是十八歲那年上臺北，在這裡唸書工作，一直待到三十一歲離開。十八到三十一，一共十三年，我很希望這個數字本身有足夠的震撼力，讓我少花一點力氣解釋臺北對我的影響，但這只是自欺欺人。就連你都在臺北待了不只十三年吧？

我們來換個說法，或許你會對它有共鳴：直到決定離開臺北，我才意識到，我必須離開我的幾乎每一位朋友，無論在我的人格組成或日常生活，他們都是極大的一部分。實際上，這是我的一位朋友拒絕離開臺北的主要原因，或許不只一位。

十八到三十一，就像岩漿成為岩石的這段時間，我都在臺北。

我不會提到具體的臺北事物，沒有細節，這裡的臺北是一個整體，是所有閱讀這段文字的人心中浮現的臺北的總和，也是我和你的臺北的總和。你無法在這裡加入一段文字描述你的臺北，所以我也不會這麼做。我們用各自的想像溝通，才能看見我們身處同一個臺北。暫時忘記你獨特的經驗和感性，我們都先是刻板印象中那種在臺北生活的人。

或許你會感到困惑，覺得不需要將談論臺北的困難度提升到概念化的層次，快點開始抱怨天氣跟食物就好。那樣也是可以，但我想先說個很短的故事，發生在我上臺北以前。

考上高中那時，媽帶著我到市區的學校辦了一些手續。回家後，我神祕兮兮地對國中同學們說：你們知道嗎？市區的馬路旁，是有人行道的。當一個嬰兒發現自己的五根手指可以分開活動，他也會這麼驚訝。

而臺北是另一個層級的事，比開始走路或說話都重大。在我的成長過程中，有意無意聽聞的言語都告訴我，就像水往低處流，隨著時間過去，大部分的事物都會流進臺北。或許把水的比喻換成氣球會更好，畢竟臺北總是在上面。

喔，這個比喻把彼得潘吸引過來了。對，就像彼得一樣。要是你發現了隨著進站捷運悄悄靠近這裡，正躲在吉野家招牌後偷看的彼得，問他為什麼能在天上飛，他只會掃興地吐口口水，說奇怪的是你，居然不知道怎麼飛，接著乘上一陣猛烈的大樓風，一溜煙消失在看不見星星的夜空裡。

還是先別管彼得了。總而言之，真正進入臺北時，我並沒有特別的想法。那不是一個選擇，而是自然現象。

不，我確實有一個想法。十八歲的我走進臺北，環顧四周，心裡想著：好啦，終於啊，這就是我該認識的一切了。

我不打算把這些事全告訴你，因為你早就知道了，畢竟我們說的是臺北。我該讓你知道的是：在臺北裡頭的我，是一個什麼樣的存在。

你八成認識這樣的一種人。他永遠不是最細心或最有常識的一個，卻不至於讓人討厭。他不需要共同敵人就能結交朋友，對身邊的爭執過度敏感，在無法制止時往往選擇逃避。他不是你最能信任的那個單純好人，因為你知道帶傷的人才值得信任，但你找不到他身上有哪些傷。當你看見一個一個人影被名為社會的油亮薄膜包覆，他卻像是發生了什麼誤會，身上始終沒有出現虹色光澤。

如果世界是一部幾原邦彥導演的作品，他會以行人標誌的姿態在背景出現。如果世界是新房昭之的作品，他會從場景中被拿掉。至少他是這樣認為。

這不代表他認為自己是個純粹的路人。他有一個擔當主角的珍貴故事，有幾個做為配角的故事，也有些成為壞人的故事，他在這些故事裡有著清晰面貌。我們假設這些故事的總數是十個好了，他就有著十張不同角度、不同風格的臉，相信你不會否定，這是一個足夠複雜、足夠立體的形象。

但臺北豈止有十個故事，有時候我甚至會脫口而出，誇張地說臺北是故事的總和，故事在這裡沒有終點，往未來和過去的方向永恆地生產著。如果我們把臺北濃縮成一篇文章，閱讀的人甚至要從第一個文字如何被創造開始讀起，再讀到第二個文字誕生和演化的歷史，了解這兩個文字得以連綴成詞是基於它們多重纏繞的因果，才能邁向第三個文字想傾訴的過往，而滾動條每分每秒都在繼續變短，幾乎等於不存在，失去控制我們往前後跳躍的功能。

臺北有這麼多的故事，就算他有著十個非常精采的，也只是我們在談論臺北時可以忽略的誤差，為了方便起見。

當他看著臺北，他就暫時消失了。只有在特別深的那種夜晚，臺北熄滅了所有的光采，變成視覺無法辨認的巨大黑暗，他才被自己的故事重新建立起來。他以為自己閉上了眼，誤以為自己有了身在夢境之中的特權，才總是把故事一口氣全部擺開，在故事和故事之間跳躍，把所有情節當成輕飄飄的碎紙花。可憐的故事們，再怎麼想將他扶起，讓他有端正好看的儀態行走，都只能任憑夜風和流水將它們帶走，消失在他一點都不在乎的某個地方。

等等，那不是某個地方。是政大的校園裡，在露出醉夢溪水面的水泥塊上，我認得溪水流動的聲音。彼得以為那是孩子初生的笑聲，讓它們也以為自己是仙子，飛舞著來打擾我們談論臺北了——

好吧，這次算我認輸。既然流走的溪水聲都能回到耳邊，我也該老實交待那個情景。那是我異常苦悶、又異常興奮的一個時刻，幾乎以為自己就是鬼魂，隨時能夠離地懸浮，或是潛入黑暗，我想你也體驗過那樣的狀態。我在午夜離開宿舍，在頂好買了玻璃瓶裝的啤酒，用對面影印店的信箱投遞口撬開瓶蓋，沿著醉夢溪畔散步。經過渡賢橋時，我覺得水聲遠得有點掃興，想和它親近一點，於是爬著梯子一直往下，站在溪水旁邊，卻還是覺得它表現得太過疏離。

我發現有水面上有水泥塊可以踏，開心地踏著它們走到溪水中心，蹲低身體，一邊啜飲啤酒，一邊享受被潺潺水聲環繞的感覺，好像一群迎賓的孩子在身邊歡笑。

啤酒喝完，我想回到岸上，卻覺得頭腦發昏，抬起的腳一下長、一下短，如果硬要踏出腳步，可能會一腳踩進水裡，被流水沖向那裡。

搞砸了。我掃興地蹲在原地，等待酒精的作用消退，才有辦法回去。

唉呀，彼得發現他搞錯，開始發脾氣了。也難怪他會弄混，畢竟這個場景也算某種初生。離開臺北前，我經常想起那個知道自己做錯事情、委屈又不甘心的時刻，一聽見水聲就頭暈，彷彿下一步就要踏空，整個人跌出臺北。

彼得開始隨便抓些亮晶晶的回憶丟過來了。這個是第一次進 The Wall 的那天、那個是營隊結束後的感想交流，真虧他翻得出這些東西。趁他還沒找到足夠誘人深入的畫面，還是快點說下去吧。

不管你相不相信，在我看來，臺北是一座甜甜圈形狀的城市，越是試圖前往中心，就是越積極地走出去，而甜甜圈的裡外是相連的，就像空氣不會先從外側氧化它酥脆的外皮，而是整個甜甜圈一起。臺北是個鑲嵌在世界之中的甜甜圈。

我想我是被一陣意外的暈眩絆住了，在努力恢復平衡的踉蹌中，不小心從臺北跌了出去，畢竟我原本從未想過要離開，至今也依然非常喜歡臺北。不，我不是被那些亮晶晶的回憶奪走了目光，才開始說些念舊的話。臺北確實有非常多的閃耀事物，甚至在碰撞後擦出更多的閃耀，但如果只有這樣，人們早就因為眼睛承受不住而離開了。

臺北最令我難以割捨的是，這裡有無限多個討厭臺北的理由，只有臺北才找得到這麼多。我可以在剛睡醒時喜歡它，在穿衣時厭惡它，在移動時享受，在吃飯時沮喪，在睡前的狂歡重新愛上，我每天都能分裂成五個，去體驗豐富五倍的刺激，就算遇到難受的事，也只受了五分之一的傷。

在所有令人愉悅的城市中，臺北是最舒適小巧的一座，範圍不大，也不會太分散。也就是說，從一次冒險到下一次冒險之間的距離不會太冗長，而是緊密得恰到好處。這些話不是我說的，是《彼得潘》小說寫的永無島。第一次讀到這段文字，我的大腦就開始快速攪拌，把永無島和臺北的形象調和為一，既存在那邊，也隨著我的心思變動，如童話一般現實。

既然把臺北和永無島看糊了，我當然也開始難以分清自己和孩子的差別，畢竟在小說裡，永無島就是孩子的心智地圖。

無論十八或是三十一，只要還在臺北，我都覺得自己像個孩子。所以我才覺得永無島唸起來有點拗口，畢竟這個詞強調的是大人們再也無法回去，這麼充滿鄉愁的說法不適合我要向你講述的臺北。不如就像迪士尼動畫的版本，讓簡單易懂取代準確翻譯，用夢幻島這個詞來稱呼臺北吧。

臺北就是我的夢幻島。

即使感覺不再年輕，依然無法認為自己像個大人，我衷心希望你並未感受相同的痛苦。經歷無數的冒險，從每一場惡戰歸來，累積眾多夥伴、建立英勇名聲，一切卻彷彿隨時可以一哄而散。我看見彼得在一旁跳腳，認為我詆毀他的名譽，正憤怒地思考該說些什麼樣的話對我提出挑戰了。不必緊張，畢竟彼得馬上就會忘記每一件事，想必也包括他帶溫蒂回夢幻島的理由。

彼得說，他從未聽過任何故事，只期待新的冒險。而溫蒂說，她能說好多、好多故事，給彼得和島上的男孩們聽。

在故事被訴說以前，冒險永遠只能重新進行。

所以，唯有用這樣的方式，才能讓我，向你，講述臺北。

橫亙在我和你之間的，是無數個未完成的故事，在下方張開血盆大嘴，等著在我拋出過於寫實的情節時，將它一口吞進所屬的套路裡。我不是在頂加憂愁的青年，不能是拿吉他砸電線桿的男子，也不能是啥物攏無驚的少年兄。那些太想把故事說得臺北一點、把臺北當成自己一部分的人，全部都落入了類似的深洞，與臺北合而為一，成為臺北的一部分，吞噬更多沒有故事的冒險家。

但這不是臺北的原罪。是像我一樣的人，未加思考就將臺北視為必經之地，從不認為自己是為了完成某些事而來，才導致不管累積了多少閃耀都流失殆盡，越是穎銳、越是漏脫，一一匯流成掩去臺北星光的地上銀河。這也不是壞事，畢竟那就是你我進入臺北之前所憧憬的，若真成為其中的一部分，又有什麼好害怕？

你看，彼得附和了，真不愧是他。彼得永遠是最勇敢的那個，沒有任何挑戰能讓他害怕，或至少讓他承認害怕。真可惜，我並不是那樣的。重讀《彼得潘》小說的每一個細節，太多地方都讓我心驚膽跳。為什麼讀了《彼得潘》？當然是因為這個故事已經被創作出來了。一般來說，這個問題代表這篇散文需要一個動機，做為結構中的轉折，以及幕後一切思考的起點，說服你一路讀到這裡是有原因的，但我認為這次不需要為這問題提供解答。當我們談論的是臺北，不管答案是什麼都太無聊了，畢竟臺北有著每一個問題的答案，臺北就是一切問題的答案。

讓我們繼續專注在感受與想像吧。我們已經談了太多細節，離地面或天空太近了，實在沒有繼續描述臺北的空間。我們最後來說《彼得潘》的結局，它在我的踉蹌之中狠推一把，讓我在空中翻了個跟斗，終究還是順著勢頭騰出臺北。

最後，溫蒂向男孩們說起自己的故事，關於她從臥房的窗戶溜走，飛到夢幻島盡情玩樂的故事。故事的最後，溫蒂指向當初離家的那扇窗，看見那扇窗依然開著，開心的和弟弟們飛回爸爸媽媽的身邊，溫蒂的故事就到這裡結束。但彼得說她錯了，真正的母親是會關上窗的，這些話嚇壞了其他男孩。最後，所有男孩決定一起回到溫蒂家，除了彼得，雖然他還是悄悄跟在後頭，在窗外偷看家人團聚的溫馨時光。

臨走前，溫蒂和彼得約定，在每天春天的時候回到夢幻島替他做大掃除。

溫蒂說：你不會忘了我吧？

彼得承諾，絕對不會忘記她。

隔年春天，彼得回來了，說著新的冒險故事。但他不記得虎克船長、不記得叮噹，也不在乎他們是誰。彼得下次回來是三年後的春天，對自己錯過一年的事毫無印象。女孩溫蒂再也沒見過彼得，但男孩彼得依然會回來，帶走他的女兒和孫女。

只要孩子永遠快樂、天真、無情，故事就會這樣繼續下去。這就是小說的最後一句話。

上一次聽到彼得潘的故事，我還是個孩子，只記得他是在空中自由飛翔、永遠不老。即使是後來，我在許多創作中發現彼得，他也總是被歌頌的純真男孩。直到讀完小說，我才想起，孩子往往是殘酷的，除了當下，他們什麼都沒有。

與這樣的想法拉開距離，遠到足以辨識它、以文字組織它時，我才終於感覺，自己似乎很接近是個大人了。一直以來，我以為我是在框架外自由生活，機智地不被我的選擇給限制住。但我重新看見彼得，發現我早就選擇了臺北，選擇了夢幻島，似乎隨時可以飛往各處，其實是限制自己的心境，彷彿永遠孑然一身地活著。

我和棠分享讀後心得，說再這樣下去，我或許會覺得很多事物都是可以捨棄的，但我已經有很多重要的東西了，真的不希望離開它們。棠沒有真的很在意我說了什麼，畢竟這是一個很男孩的文本。小說都說了，男孩們都是從搖籃裡摔出來才留在夢幻島的，女孩可沒有這麼笨。

但棠說了讓我更加意外的事。棠說，她的英文名字就是Wendy。我說怎麼可能，你的帳號明明就是Sophie，但棠說Wendy是第一個。當她第一次用另一種語言稱呼自己，用的名字其實就是溫蒂。

在一起都十幾年了、一點伏筆都沒有，到現在才突然丟出這麼戲劇化的收尾。要不是這是真的，我肯定一點都不感動。

紅蘿蔔盤子

在我的書桌右手邊，最容易抽出書本的書櫃那一格，我放的是朋友們的書。

在我將他視為寫作者之前，先認定他是朋友的那些人，我把他們的書放在手邊，覺得這樣可以激勵自己，遲早有一天要跟上他們，和他們站在一樣的立場，和他們面對同樣的挑戰。

我要把我的書放在同一個格子，用書封蓋過他們的書背。雖然是這樣想的，但我至今還沒能實現。

我是一個，一直慢了幾拍的人。

楊婕在景美女中實習那時，她問我願不願意在圖書館裡弄個展，隨便什麼都行。他找了好幾個作家，打算每個月換一次主題。

能合法的在女校的圖書館亂搞，這個想法對異男我實在太有魅力，我像是別人的事一樣立刻答應了。回頭仔細想想，我根本沒有能展出來的東西。

雖然多少有創作者的自覺，但我的作品沒有實體，只是文字組成的資訊。我可以簡單為這些文字找到載體，Double A 之類的，但總覺得這麼做不太安心。怎麼說呢，當廚師的就算不會堅持裝料理的盤子要自己燒出來，至少會想要挑一下吧。

能夠輕易使用的載體，裡頭沒有我的成份。那麼，我想要一個怎麼樣的盤子？坦白說，我一點概念都沒有。對寫作有了信心以後，還要跨進其他製作東西的領域，總是讓人害怕。

現在說起來有點諷刺，但在我高三時，還一度考慮把設計類的科系做為志願。最後我沒這麼做，原因很單純，因為我分辨顏色的能力比一般人差，也就是色弱。

每次說到色弱這個話題，其他人就會快樂的指著我們身邊的所有東西，問我看不看得出這是什麼顏色。我還滿喜歡這個橋段的，反正我不覺得少看到幾種顏色是種損失。硬要說的話，我的世界的顏色已經夠豐富了，要是它再變得更鮮艷，大概會有點噁心。

小時候畫畫時，我會把蘋果塗上咖啡色、樹幹塗上深綠色，考慮志願時我會放棄設計和美術相關的科系，就只是這種程度的事情而已。

意識到色弱讓我缺少了什麼，是楊婕邀我布展的三年前。我和朋友們在木新路上的日本料理店吃飯閒聊，好像是聊到某個大學同學的糗事，我們說起梅子長在梅樹上、但櫻桃不是長在櫻花樹上之類的植物屁話。

還有紅蘿蔔也不是紅色的——忘了是誰這麼說。

「紅蘿蔔不是紅色的？」我重複了一次。

嚴格來說，大部分的紅蘿蔔比較接近橘色。

「可是它不是叫紅蘿蔔嗎？」我真的這樣說。

我受到非常大的打擊。我從心裡深處覺得被背叛、被愚弄了，然後又因為覺得自己被紅蘿蔔激起這麼深沉的情緒而感到前所未有的爆笑。重看一次這段描述，我突然理解為什麼人遇到巨大打擊會起痟了。

我不是沒有懷疑過紅蘿蔔的顏色，事實上，我一直都覺得它看起來橘橘的。但所有人都指著它叫紅蘿蔔，一點遲疑都沒有，所以我一直都認為，這是一種比較奇怪的紅色。

仔細回想，除了比較鮮艷的原色，我幾乎都是靠記憶和推理來判斷顏色的。之所以會把樹幹畫成深綠色，不就是因為我認得出樹葉是綠色，才覺得樹幹一定也是一種比較深的綠色嗎？

我大概花了五年才慢慢釐清這個習慣，所以想通也就是最近的事。契機是我和朋友聊天時提到《怪獸電力公司》的大眼仔是黃色的，配音也是黃子佼，真巧。有辨色障礙的朋友們，大眼仔是綠色的。

答應楊婕在圖書館布展時，我正在模模糊糊的意識到，自己和別人相比，是個慢了幾拍的人。色弱帶來的影響超越分辨顏色的程度，塑造了我的性格。無論在當下察覺了什麼，我都沒辦法完全相信，要先在腦中思考一陣子，才能確定剛才到底發生了什麼。

世界於我是一團曖昧，不能輕易開口、不能貿然前進，要比其他正常的人們更膽小謹慎。連我自己都到了二十幾歲才明白這份缺損，不能期待有人能夠理解我、幫助我。

必須在曖昧中反覆確認，找到堅實的地面，我才能踏出一步，即使比別人慢上幾拍也無所謂。

不過，這畢竟是最近才意識到的事。答應了楊婕的邀約，思考著該為布展準備什麼樣的盤子時，我做出的決定是，總之先試著開始拍照看看好了。

攝影，捕捉眼前的特定時刻，瞬間的藝術。這絕對不是自覺慢了幾拍的人做得來的事。現在想想，我百分之百只是抱著「展覽就是在牆上掛著圖像什麼的」之類想法，才決定這樣做的吧。

雖然契機沒什麼營養，但從那時開始，我持續拍了一年半左右的照片。

當時我進行的，應該可以被歸類為拍照的行為，並不是偶然看到什麼有趣的、可愛的、觸動人心的場景，下意識掏出手機紀錄那一瞬間，等著未來某天分享或回味，我並不是做著那樣的事。實際上，開始試著拍照以後，每次掏出手機，我都是努力逼迫自己才做到的。

我沒有特別學習攝影觀念或是跑去哪裡取景，我只是照常過我的日子，試著在發現有趣的畫面時拍下它。簡單來說，我在複製我想像中的「習慣拍照的人」。

然而，當我騎著腳踏車穿過文山區的巷子，看到了某件吸引我的事物，比如一個剛放學的孩子好了，必須拍下來的念頭一閃而過，接著湧現的大量問題就讓我瞬間當機。這有趣嗎？我看起來像不像變態？旁邊有人嗎？我停下來會妨礙到別人嗎？

我正在為「瞬間」決定價值，區分出值得留下的和不值得留下的，我必須謹慎才行。不對，這只是高深的藉口，其實只是我還不習慣拍照，才不得不把浮現的大量疑惑全都一一考慮過。

舉起手機，與拍攝的對象對峙，並且在一天之中按十幾次暫停來重複這件事，這樣的行為意外的讓我畏懼。這樣做對嗎？大家真的都這樣做？這真的是我想做的嗎？旁邊的人該不會在笑我吧……

只有繁冗的自我質疑能讓我下定決心。可是，我僵在原地開腦內會議的期間，世界依然在前進。光影流曳，空氣搖動輕巧的事物，人們依然走著。回過神來，畫面已經完全不同了。

如果是習慣拍照的人，靠著直覺就能完成這一連串動作吧。我很難想像自己哪天也做得到這種事，念頭一閃就立刻掏出手機。如果是文字就可以了，如果路上發生有趣的事，我的腦中就會自動浮現一串敘述文字，只要稍微用力固定，就可以撐到回家把他寫下來。

同樣是屬於創作的領域，從熟悉的一塊踏入陌生的一塊，實在是很可怕。學習拍照的途中，我漸漸的重新意識到，寫作確實是被我握在手中、印成掌紋的事物。我是一個擅長寫作的人，我有這份信心，但也僅只於此。

會被楊婕找來布展，我一直心懷僥倖。畢竟其他人都是作家，都是出過了書，有資格以作家自稱的人。說得這麼簡單粗暴似乎不太得體，不過這是我目前在心裡決定的標準。作家是個沒有實體的頭銜，第一本書是將它呈現在所有人面前的盤子。

一起投入於寫作的同伴，大家都陸續走上出版的路，只有我一直小心翼翼的在周邊迂迴，偶爾探勘實驗，但通常只是發懶。楊婕不在意這種事，很多人都不在意這種事，有什麼好玩的都把我一起找去，但我總是會想，我到底在幹嘛啊。

到了布展那天，我總算是拍出了足夠的照片。我從裡面挑出十二張，印在素描紙上，接著在照片裡第一眼會注意到的部分，描出一個錄音帶大小的方框，把那部分裁下來。

我把每張照片的第一眼放在錄音帶的空盒裡，懸掛在圖書館的窗外。在那些失去了第一眼的照片裡，我在留白處寫了一個分成十二段的故事。那是一個弄丟了氣球的小男孩。氣球不知為何一直留在天上，小男孩也始終望著屬於自己的氣球，直到他成為一個即將死去的老人。

當老人終於決定找回氣球，飛上了天空，才發現一直等著他的，其實是一片岩漠的月球。

在景美女中的圖書館，我叫準備接檔的詒徽幫我拍張照，拿出另一張印好的照片。那是我站在汀州基隆路口的半身照，我用那張照片擋住我的臉，就這樣拍了一張不知道算不算露臉的照片。直到現在，我也不知道當時的我在想什麼。

雖然不是自己拍的，但這張照片很有我的風格，我非常喜歡。

寫作

我覺得，我是有寫作才能的。

小學，我參加舊高雄縣的兒童作文比賽，拿了個縣長獎，但我不記得寫了什麼。我記得的是另外一次，國文課上到孫悟空大鬧火焰山，老師出了一題作文，要我們改寫唐僧一行抵達火焰山後遇到什麼。我寫了飛碟、寫了外星人，自覺是個奇幻結合科幻的神來一筆，最後拿了七字頭的分數。

我很不甘心，但一點都不覺得自己有錯。錯的當然是老師，老師不懂。

沒有作家、沒有文學，只有寫，寫作文、寫作故事。回頭想想，我就是喜歡這件事。

●

我出生那年是一九九一。動員戡亂時期結束，世界剛走進歷史課本所謂的和平，所以太過遙遠的事情，都和我沒有關係。真正重要的是，我爸媽收掉生意剛穩定下來的便當店，帶著我從阿蓮來到鳳山，新家過一條路是國小，過另一頭的市場就是升學國中。

重新開始的爸報了職訓班，人生第一次努力唸書考試，畢業後被中鋼聘去臺南。媽帶著我在在菜市場擺攤，認識了光復書局的銷售員，瞞著爸替我買下一套一套的故事和百科。再之後，我發現其他同學的爸爸都是住在家裡的。爸辭了工作，媽穿上套裝進書局上班。

我想像爸遞出辭呈，全身虛脫地開著車回到鳳山；媽在排滿新書的房間，把滿溢的欣慰、擔憂和心虛，攪和成令人出神的晚霞顏色。我翻著書頁起皺的童話繪本，心想願望將要實現，世界沒有任何危險與未知。

教育、閱讀、安定的家庭。我的家庭將希望寄予我，我也做出回應。媽買回來的書我大多看過兩輪，成績穩定待在班上前幾，長輩知道這小孩愛看書，見面就叫我小博士。不管逢年過節，只要帶本書在身上，沒有大人介意我不理睬人。

世界很安靜，像隔了一層泡泡。我很享受這種生活。

國中畢業，我從鳳山考進市區，上了高師附中。家裡沒給我壓力，我也寧願待在舒服的環境，就帶著雄中尾端的分數進去。

在附中，我第一次遇到了文學。

其實我先遇到的是文學獎。我喜歡看書、喜歡文字呈現的事物、喜歡使用文字，但完全沒想過現實世界如何生產文字。我大概是以為世界上的作者都已經死了，或是活在遙遠的國家。

附中有校內的文學獎，跟我越寫越低分的作文不同，可以自訂題目。第一次投稿，我寫了三篇小說，一篇基本上是《仙劍奇俠傳》的同人、一篇忘了，一篇叫做〈樓臺〉，是一個男人愛上美麗樓臺幻影的故事，最後拿了二獎。

作文不會接受的東西，文學獎接受了，還給了我幾千塊，因為這是文學。

文學對我來說如此重要，它提供的獎金足以抵過雜費，我還能靠班排名拿到學費減免。有了文學，我可以自行負擔每學期開始時發的那張繳費單，這讓我覺得，我足夠成熟了，我能自給自足，接近獨立。

文學也有觸動我感性的部分。因為校內文學獎的成績，我被鼓勵參加幾間學校聯合舉辦的馭墨三城文學獎。在免費發送的筆記本背後，我讀到林達陽〈虛構的海〉，在歷年得獎作品集讀到十月酒的〈開飯時刻〉，被這些作品給深深震撼。和家裡那幾部套書的演義、傳奇不一樣，原來這就是文學。

如果這就是文學，我想我做得到。

然後我遇到霸凌。

這我們過幾篇再說。

高二分班，我和傷害我的人拉開距離，但還是盡可能地孤立自己，漠視許多友善的接觸，又為了沒人突破我的漠視而憤怒、悲傷。

我還是在寫作，每年投稿我僅知的兩個文學獎，通常都有收穫。有一個學期，我沒拿到學費減免，心慌得異常難受，空氣像透明的凝膠從頭頂緩緩澆下，讓我幾乎窒息。幸好就只有那一次。

爸媽不知道我在學校發生的事。入學前，爸媽說，他們沒唸過高中，之後很多事他們也不清楚，我要自己學習面對，有問題要多問，盡量請懂的人幫忙。

爸媽已經不是懂的人了，不過沒事。我一直都是沒問題的。

我唯一的傾訴對象是部落格。高中那幾年，我通常關在房間裡，坐在電腦前唸書，偶爾上網看一下盜版漫畫。每當情緒失控，我就打開部落格，在後臺狂飆一般地打字，痛苦從我的指尖流出，透過鍵盤呈現在螢幕上，回到我的視覺。我看見身體裡無形的痛苦，又因為流淚而無法看清。

我覺得自己在燃燒，而我的文字在火光照耀下日漸茁壯。只有準確地抓住隨時劇烈起伏、漩渦翻滾的情緒，才能暫時擺脫它們，甚至產生快感。一邊是無論如何都想要逃離的巨大痛苦，一邊是自己居然能寫到這種程度的成就感，兩種分裂的精神在夜晚的部落格後臺不受控地釋放，又在白天的校園生活和文學獎中被賦予真實感。在我的心中，截然相反的多種情緒，透過寫作逐漸融合成同一件事，都是寫作，就是寫作。

寫作很痛苦，但寫作是我被認可的事當中最獨特的，只有寫作可以緩解痛苦。祕密的循環之中，我確實寫得越來越好。

高三升學前夕，我對所有科系都沒興趣，卻早早決定考中文系。我想要朋友，中文系應該是這件事唯一可能的地方。輔導室的老師告訴我，臺大的競爭很激烈，政大就不太會，應該比較溫暖。我記得旁邊有隻毛茸茸的兔子，養在籠子裡面。

我說，我想要溫暖。

不敢期待的夢想意外成真，我在政大很快有了朋友。他們來自不同縣市，卻因參加過相同的文學獎而認識彼此，甚至也認得我。獎是金錢、是自信，也是俱樂部的會員徽章。在他們口中，我彷彿理所當然地屬於這個圈子，像個終於聊上天的隔壁班同學。

我丟掉高中的記憶，不再自我封閉。我們組了一個讀書會，輪流導讀各自喜歡的作家。扣掉漫畫，我的閱讀範圍只有課本作家和大眾小說，連村上春樹和藤井樹是兩個人都沒意識到。讀書會帶來臺灣文學的近況，駱以軍、童偉格、鯨向海、言叔夏、楊富閔，介紹了誰我都胡亂吞下，深深樂在其中。

世界以宇宙爆炸的速度長大，其他人早有自己的航線，我必須加速跟上。這是認識文學的遊戲，我是剛睜開眼睛的新人，每天都有新的作家、理論和專有名詞，每天都變得更偉大一點。

混亂且快樂的日子中，一種追求被我慢慢內化。就像我得到新朋友的認同一樣，我渴望被更上面的人認同。我抬起盯著螢幕和A4紙的腦袋，看見模糊的光。

某些不明的事物給過我感動、金錢、發洩空間和價值感，但我不知道這些事為何發生。現在，一切都串起來了，那就是文學。不只是書、作家或獎項，應該是更令人憧憬的存在。我曾經下意識地追求文學，並得到相應的回饋，理所當然地會想繼續追求。

寫作的矛盾循環不見了，我現在很快樂、充實，是文學拯救了我。

讀書會運作了很長一段時間，我想這是因為陳柏言的關係，他不斷慫恿所有人投他知道的每個文學獎。我想有才能的人很多，只是讓他們維持熱情的人太少，我很幸運認識一個。

如果沒有陳柏言，我不會把校內文學獎決審被刷掉的小說再次修改，拿去投林榮三文學獎。

大二，我拿到林榮三文學獎的小說佳作。直到走進《自由時報》大樓，仰望彷彿閃著光芒的挑高中庭，我才終於意識到，這好像不是一張獎狀、一個薪水袋就會解決的程度。

事情嚴重了。我好像真的是有才能的。

某次從家裡北上，我在往高鐵站的車上說：我想要認真寫作。爸在駕駛座，說，我們家難得出了一個會讀書的。爸希望我念資工，畢業後當個工程師，但沒干涉我填志願。回頭想想，爸很有遠見。

我想我是陷入了樸拙的責任感，想要好好回應我感受到的，過於壓倒性的肯定。我放棄拿過獎的本名，改用筆名發表作品。佳作小說不會在副刊發表，但有一個五百字篇幅的邀稿。我沒寫過極短篇，硬是寫了一次，發現這是很適合我接受的指導。

當時系上收到一筆校友捐款，系主任用來請作家帶寫作課。首任導師季季早早聲明，她和我們世代差異太大，不會對作品內容給意見，只專注文字標點是否準確。

我那時著迷後現代和魔幻寫實，思緒憑文字奔流，整天靠語感編出各種花俏句詞，看批改後的紅字只覺得無聊。極短篇把我的專注力從想像帶進文字使用。減少文字，抽換更準確的字詞，這些遊戲變成新的樂趣。

我也繼續寫短篇小說，投稿到各個全國性文學獎。得獎、出書、成為作家，進入文壇，這是我想像的步驟。身邊的人都在為我高興，我是我們之中第一個拿到大獎的人，我應該乘著勢頭，率先取得某個名號。

但我再也沒拿過獎。

這句話不是事實。我拿過政大的校內文學獎、拿過《聯合報》的極短篇獎，也入圍過全國性文學獎的決審，賺過一些零用錢。但是，它們就是無法超越，當初站上《自由時報》禮堂給我的榮耀。

與此同時，讀書會的朋友們開始陸續拿獎，系上其他寫作的人也有些曝光。

我對自己非常失望。

我曾走進閃著光芒的《自由時報》大樓，現在我的文字只有幾百字的發表空間，隔幾個月才能在〈自由副刊〉的邊欄刊出。為什麼？

我非常、非常嚴肅的質問自己。過程沒有很長，反正就是，我沒資格。

在你認識的人之中，你讀過的書是最多的嗎？寫東西的時間是最長的嗎？是最認真的嗎？是最熱愛文學的嗎？是最想透過文字得到愛的嗎？

每當感覺有一個人超越我，我就用佩服他的部分來責怪自己。我只是喜歡寫些亂七八糟的東西逗自己開心，比不上他們那樣認真，我當然不行。

《聯合報》的頒獎典禮上，代表極短篇致詞的人非常激動，說他從小讀〈聯副〉長大，今天站上這舞臺，圓了他一直以來的夢。我衷心地被感動了。獎就該頒給這樣的人，不是我。

一位編輯來信，問我出書意願。我在負面情緒中糾結幾週，充滿愧疚的拒絕了。

也許我真的還沒準備好，也許我只是一如既往，缺少努力追求目標的能力。

我發現自己一直在寫差不多的東西。未能成行的單車環島、與死亡氣息相依的人們、耽溺在自己世界的少年、僅由意象和獨白串成的非現實。

我替敘述披上華麗的修辭，為事件拼湊因果，憑直覺讓故事勉強收束。我代表他人詢問自己，這個段落想表達什麼，這種表現是為了什麼？但我根本不知道。我試著在寫作前設好骨架，規規矩矩地填上內容，寫出來的作品簡直糟透了。

不放縱直覺，我就不會寫作。

我脫離了新手期，對作家的能力要求拉到我還沒抵達的高度，更沒有高到能意識到這一點。

大四，我早早推甄上了研究所，沒有繼續為升學準備，因為我的動機只是不想當兵，對未來毫無想法。朋友還在各自忙碌，入學時感受到的溫暖已然消散。

即將面臨的畢業喚回被丟掉的記憶。我想起高中畢業時的導生聚，輪到我說話時，我幾乎是哭著對所有人道歉，說：我真的沒有討厭你們。

我的情緒有點狀況。

我不寫東西了。

我選修教心理健康的通識，每天自我診斷，用知識築起情緒漲退潮的最後堤防。寫作總是牽出大量情緒，我不能寫，也不能想到寫作。

不能和朋友玩樂就漫無目的的生活，現在有了「不要失控」這個核心任務。任務有時失敗，但我意外地能夠適應，從中滋生一點長大成人的踏實，幾乎篤定自己會慢慢走過這個階段。

我漸漸組織出一個想法。我會寫作，是因為我生病了，我寫東西時永遠那麼不正常。只要我不再寫作，就是好了。

這是一個難題。不只是不做這件事，是把身邊一切事物與寫作的連結切斷，讀書時不會想到我也寫過，說趣事時不會斟酌表現方式，朋友和我敘舊時，不會想到要提我寫過東西。

要像一個不在意文字表達，沒有憧憬過文學，承認自己覺得作家寫的東西很難懂的，普通的人。

有點遺憾，但我想我做得到，因為我已經開始了。

有行動力的時候，我花很多時間遊蕩，應徵各種實驗的受試者，答應所有陌生活動的邀請，看非常多的樂團演出和電影，盡量讓注意力集中在自己以外的事情上。沒有靈感、沒有衝動，我全心吸收一切，自然地失去了寫東西的想法。

我還是讀書，因為我已經願意承認，我對朋友們熱愛的作品毫無共鳴，也沒有足以享受它們的知識。我開始著迷知識普及作品，它們用最基本的文字介紹陌生的科技、歷史和自然，讀起來幾乎沒有負擔。

偶爾被問到，一直以來寫了那麼多，怎麼沒出？我推託沒人找，又覺得過意不去。我需要階段性總結。

書市慘澹的哀號在社群網站頻繁出現，我不覺得有人會接受我的任性，自己整理作品，穿插收錄不同文體，最後用成本價賣給預訂的人，隨書附贈一盒火柴，要是寫得太爛，歡迎直接燒掉。

我聯絡出版社，找到當初邀請我出書的編輯，寄了一本給他，收到一封回信。這樣就可以了。不必繼續想著那個世界。

研究所的課程相當紮實，我毫無學術思維，過了一段時間才適應。當時蘇碩斌在所上推廣非虛構寫作，我修了他一門課，和同學合寫一本書，又找他當指導，決定了碩論主題。

蘇碩斌要求先寫好目錄，總之先有一個架構，之後不堪用再慢慢調整。我痛苦地完成，覺得毫無道理。

我又開始寫作，和追求文學無關的寫作。

我發現做書還滿有趣的，偶爾還寫以前那樣的東西。

蘇碩斌希望論文最後能改寫成一般出版品，我覺得這會是雙贏的約定，暗自把指導教授當成生意合夥，遇到問題就不客氣地要他想辦法。寫作從黑暗中探路前進的遊戲，變成仰望星空、設定航線的技術。

緩慢、穩定，似乎會永遠持續下去的寫作中，我的內在逐漸穩定，外面的世界則快速改變。我參加社運，交了女友，因為自己做的小誌得到一些關注，因為那本合寫的書有了寫更多作品的機會，通常不太拒絕。我會寫，寫了有錢，還能替人解決困擾，那我就寫。

陳柏言出書了，不在讀書會的蕭詒徽出書了，我甚至不知道有在寫的林奕含出書了，身邊開始有人走進那個世界，我幾乎能單純地替他們開心，回頭繼續完成我的論文，交出它，接著開始改寫。那會是我出的第一本書，我慶幸它大致與自己無關。

研究所畢業，我又做了一些事，算得上第一份工作的，是和宋欣穎的影視公司合作，在裡頭長期當研究員。我做的事和研究生幾乎一模一樣，讀資料，改寫成篇，差別在領域更雜，輸出的文字更少抽象描述、更容易閱讀。

工作非常有趣，也讓改寫的進度更加緩慢。完成論文，之後改寫出版。說好的這一件事，我花了五年多時間。五年多的時間裡，每天思考同一件事，輸出或多或少的文字，這樣的生活對我造成一些改變。寫作不再轟轟烈烈，我們工作愉快，相安無事。

公司沒案子時，我替其他人寫東西。同學現在大多是老師和編輯，我靠學生時代的人脈寫了一段時間，專欄、採訪、代筆、逐字稿，只要輸出是文字，我都想寫寫看，直到我的存款快要用完。

寫作是活不下去的，這句話我聽過很多次。

我找了份正職，在設計公司當文案。公司偶爾需要出採訪和活動稿，至少是份調劑。做了兩個禮拜，我就跟老闆說好月底離職。

我發現，在我熟悉的環境之外，閱讀和寫作，好像有一點門檻。既然這樣，我應該不怕找不到下一份工作。

爸搞不懂我在幹嘛。我信口膨風，說你年輕時學好技術，到哪都不怕沒工作，我現在也一樣，寫作是我的技術，還是以後越來越少人會的稀有技術，而且就我觀察，我的水準在圈內還算不錯。話說完，我竟有點被自己說服，除了最後兩句。

我以為我是階級流動的一輩，沒想到走過一趟，最後還是工人思維舒服。

我想要繼續寫作。為了活下去，不能只寫其他人要的，還要寫我自己的東西。和放棄寫作時的戲劇性相反，重新開始寫作發生得如此平淡，我甚至到這時才發現，我可能幾年前就開始寫了。

不是應邀寫的那些文字，一年大概一萬出頭，也許當時我不把這當成寫作。但其他寫作的人一直善意對我，找我寫，給我感想，告訴我準備好時一定幫忙，甚至帶我去出版社聽提案簡報。

一次意外深入心防的諮商，對方問我：好了以後想做什麼？

那天臺北的陽光難得溫暖。像跑馬燈一樣，我看到許多畫面。我說，我想寫小說，眼淚從眼角滑到床鋪。

為什麼？

我說，我因為寫作遇到的，都是些好人。

我很久沒有那麼難過。

我以為文學拯救了我，但並不是；我並不是被某人的文字感動，才從痛苦中豁然抽身，想創造能給予同樣感動的存在。

是一路寫作以來認識的人，拯救了困在小小世界的我。家庭給了我契機和自由，在我幼稚、茫然的摸索時，這些人對我予以期待，指出方向。

一次和欣穎開會，她突然對我說：你是那種會寫一輩子的人。我心想，你這樣說，我好像不做不行。她大概知道，我就是會這樣想。

我讀過那麼多前人事跡，他們在貧窮和疾病中刻苦寫下無數個字；像我這樣自我糾結，只想著怎麼開心度日，至今無法穩定生出多少字的人，有資格和他們以相同身分並稱嗎？

這個問題只能先交給學者和評論家。我還要花很多時間，認識懸浮於寫作之上的文學。

一開始或許是喜歡的，但現在，我想自己只是在寫作上花了時間，變得比較擅長這件事。我以為寫作是展示自己，停停走走間，寫作已經是世界與我的連接點。所以我選擇繼續。

寫下這句話的當下，我正單靠寫作的收入生活，無論能維持多久，心裡都還踏實。

過去彷彿攸關生命，現在則攸關生活。十多年過去，我不再是青少年，依然在寫作。

何其有幸。

電影愛人

剛上臺北時，我曾經憧憬一種文青形象，就是「總是孤獨地泡在電影院看了好多電影」的那種。當他們在散文中回首年少，總是夾帶著一段動人的故事，一幅唯美的畫面，或是同輩文青都琅琅上口的臺詞。

明明很孤獨，卻透過不知為何大家都看過的電影，和其他文藝青年連結在一起。我非常嚮往這種姿態，既保有自己的步調，又不至於太寂寞。讀書做不到這件事，書籍中的經典都沾到太多國文課的氛圍，但經典的電影和校園無關，學校始終都不喜歡我們看電影，國小國中高中音樂課各看一次的《阿瑪迪斯》是唯一例外。

想是這樣想，但我很快就發現，要想當個「愛看電影的人」，我實在不是什麼好材料。別的不說，那些在電影院看了好多電影的人，他們的票錢是哪裡來的啊？我的高三暑假是坐在書局地板看金庸小說過的欸。

電影票花錢，那不花錢的方法總行了吧。剛進大學的前兩年，我在學校的藝文活動蹭了不少電影看，也三不五時窩在圖書館的視聽資料區看DVD，但這只是讓學校所有人都知道我是個多糟蹋電影的混蛋而已。我在看《青春電幻物語》的途中睡著兩次，驚醒擦乾口水趕緊回想剛才看到哪，一路倒帶到片頭，才發現自己根本沒看懂發生什麼事。

並不是所有電影都被我看成這種慘況，但我越看越對自己的大腦感到疑惑。就算是打從心裡讚嘆的電影、或是努力忍住不要哭出聲音的電影，我都很難記住情節，好像有什麼障礙一樣。北高往返的客運上，同一部電影播了又播，我每次都要花二十分鐘懷疑這是不是片名相同的另一部片。

搞不好我是無法欣賞電影的體質，就跟喝不了牛奶一樣，我的大腦天生缺乏分解電影畫面的酵素。

人生中印象最深刻的電影畫面，是我五歲時在電影院看的第一部電影，在電影最後，男主角不得不親手殺掉女主角，是個毫無轉圜餘地的悲劇場景。說印象深刻只是客氣，對我來說完全就是心理創傷。

那是一部叫《冒險王》的港片，主演的是李連杰和關之琳。回頭搜尋一下劇情，記憶中一連串印地安納瓊斯式的冒險場面，都是劇中劇的呈現。在劇情的最後，關之琳飾演的特務犧牲自己拖住反派，李連杰在一陣糾結之後，用一個寶盒裡射出的光把兩個人變成了兩團粒子，最後李連杰與關之琳深情對望直到她完全消散。

好好的人就這樣被變成一粒一粒的不知道什麼東西然後散掉，對五歲的我來說，那畫面實在是太過獵奇，現在讀到「灰飛煙滅」四個字，我想到的也還是那一幕。二十八歲的我在網路上找到這部片，看到當時港片的特效表現，看它們把一層不斷蠕動的顆粒疊在人物身上，客觀地說，實在也滿不舒服的。

這也是我第一次，好像是唯一一次，和爸媽一起進電影院看的電影。其實《冒險王》整體是部喜劇，但就是那個悲傷又驚悚的劇中劇結局，讓我一直大哭到走出電影院，順便騙到一球巧克力冰淇淋。

第一次看電影就留下一生難忘的精神創傷，我決定把記不住電影內容的原因怪罪到《冒險王》上。仔細想想，在我的成長過程中，電影一直都不是什麼美好的存在。爸媽都不在的時候，公寓二樓的阿姨會幫忙照顧我，照顧的方式就是放吉卜力電影的錄影帶給我看，她就一直在旁邊做她的電路板代工。那些電影演了什麼，我也一點都想不起來。

其實我自己也知道，記不住內容跟成長創傷沒多大關係，單純只是我看得還不夠多，腦內的資料庫沒有建立分析模式，資訊的歸檔速度慢，當然會遺漏許多片段。

大學畢業那年暑假，我借住在不太熟的朋友家等研究所開學，每天都騎著YouBike遊蕩到半夜。有太多的時間要殺，光點華山變成我常待的一個落腳點。在無所事事的日子裡，預告片的每部電影看起來都非常有趣，可惜正片也很有趣的電影沒那麼多。電影播完，腳踏車上騎個四十分鐘，情節就一段一段全掉在路上。

我大概已經很接近「孤獨地泡在電影院看了好多電影」的文藝青年了吧。當時的我還是忍不住有這樣的想法，同時也覺得這個成就達成得一點意義都沒有，因為我對電影沒有愛，我本來就是孤獨地看著電影的小孩。

電影真的非常好，即使是我這種缺少愛的人，電影也打開戲院的門接受我。

現在我電影看得非常懶惰，光是準時坐進戲院沙發就覺得大功告成然後想睡。成功讓我保持進電影院頻率的，是 Marvel 主導的超級英雄電影，棠跟我一起看《復仇者聯盟》，前排男生幫女伴補充哪句臺詞是之前哪部片的梗，我跟棠說明前面那個男的哪裡哪裡講錯了。

我知道，我追求的不是劇情發展，是那種和一大群人一起追逐劇情、挖掘彩蛋的社群感。「復聯」三四我都看了兩次，第一次趕首映日，第二次和一起看「復聯」一二的朋友們看完吃飯聊聊近況。

我做不到追求電影，但電影能提供很多其他事物。我有時消磨時間，有時跟隨流行，有時就衝著題材是我喜歡的搖滾樂、文學或ACG去看看故事如何。比起孤獨的文青，當個單純的宅宅更適合我，現在的我深深的感受到了這點。

《蝙蝠俠對超人》剛釋出預告那時，我看著從撞毀的蝙蝠車站起身的蝙蝠俠，心底莫名湧起一股衝動，打電話回家問爸，要不要等我回去一起看。話說出口，我才意識到自己在做一件從沒做過的事，突然想起了一些事。

之所以會開始看英雄片，契機也不在同齡朋友身上，而是我爸。爸喜歡車，有車的電影他都很有興趣，《惡靈戰警》上映時他揪我去看，《蝙蝠俠：黑暗騎士》上映時他也拉我去看。蝙蝠車很帥，但我現在只記得片子有夠長，中途想舒展筋骨卻扭到脖子，除了不爽也沒留下其他想法。

這麼一想，爸其實常常拉我去看電影。諾蘭導的黑暗騎士三部曲是他帶我去看的，《魔戒》三部曲也是，馮迪索的《限制級戰警》系列也是。每次他問媽要不要一起去，媽都直接回他「無愛」，拿起遙控器繼續看洋片臺。我有時候會想，是不是我看《冒險王》那次哭鬧得太過分，才讓媽對電影院留下陰影。

上一次回家，我在客廳發呆，看到其中一臺洋片在播《玩命再劫》，但媽手上的遙控器馬上跳了過去。趁著媽去上廁所的機會，我搶下遙控器，趕緊轉回剛剛那一臺。

那是把飛車犯罪和音樂劇結合的一部爽片，我非常喜歡。同樣癱在客廳的爸似乎沒什麼意見，專心玩他的 Line。遙控器放回桌上，媽回到座位望著《玩命再劫》，我戰戰兢兢等著她發表意見。

「伊開車閣掛耳機喔？」

「嘿啊，伊若無掛會耳鳴啦，因為伊小時候叭……」

基於某種使命感，我覺得我應該讓媽好好的欣賞一下這部片。有爸喜歡的飛車追逐，有我喜歡的搖滾樂，沒有媽覺得可有可無的電影院。

但媽也只是一如往常地，靜靜的看著電影持續進行，偶爾冒出一兩句吐槽。雖然不進電影院，但媽什麼片都看，還常常為了看到結局熬夜。爸也沒對《玩命再劫》產生什麼共鳴，他對車的熱情讓他在這兩年交到一群車友，隨時隨地都在 Line 上和他們群聊，不再從電影裡追求帥車。

《玩命再劫》還是很帥，但在家裡看的感覺沒有之前那麼激動。在進入高潮前的一段文戲後，媽又轉到了另一個頻道，我莫名浮現的使命感也莫名地消失無蹤。是什麼電影都好、跳著看也無所謂，只是三個人一起坐在電視機前望著電影們一段一段演下去，這樣也滿舒適的。

PJ

1

圈子到底是什麼呢？

我說：其實只有我一個人。

「感覺你做了很多事，不像一個人忙得過來。」初次見面的網友 Micheal 說。

「沒有特別多吧。」我說，「就平常喜歡的東西而已。」

「這樣滿好的啊。」

話題無法延續。我沒有事先做好準備就無法跟陌生人互動，幸好 Micheal 不是這種人。他說自己是玩ＤＪ的，電音圈子很小，常常跑到哪都看到同一群人。

「像這裡我也常來。」他用手指在我們面前畫圈。我們在 The Wall 見面，走道的電音場地 Korner 正在安裝一臺機器。更裡頭的舞臺區傳出試音聲，悶悶的。

他沒有自我介紹，我也沒有，因為我們先在臉書上認識了。那算認識嗎？總之我知道他是 Micheal，他知道我是「借ＣＤ」粉絲頁的小編，也許是小編之一，不過實際上就只有我一個人。每個禮拜一我會在「借ＣＤ」播幾個小時的音樂，不說話也不介紹，只是讓自己有聽更多音樂的動力。多虧 YouTuber 之類那些人不斷冒出來，Micheal 似乎以為我是其中之一，把我當成那些真的有在經營內容的直播主。為了回饋我推廣臺灣樂團的努力，他今天特地帶了幾張電音專輯來借我。

我這邊的感覺倒像是臨時被堵到。畢竟我早就說今天會來看表演，但他直到五分鐘前才丟訊息問我人來了沒。幸好 Micheal 滿愛說話的，在外頭跟我講 Korner 的表演狀況，等我們走進舞臺區，他就開始講音場哪裡尖哪裡圓。我喜歡聽這些，因為我不是玩音樂的，話題一深入就什麼都不懂。

盧恩靠過來打了聲招呼，說：「人比想像中少。」

我隨便附和兩句，剛想著要不要介紹他們認識一下，盧恩就跑到最前面去了。我認為不協助人們，尤其是很酷的人們在這裡相互認識，是很遜的事，所以我猛烈地感到自己很遜。

「看表演認識的。」我跟 Micheal 解釋，好化解我的罪惡感。

「你都一個人來？」

「嗯。」

而且我還滿討厭看團遇到別人的。剛上臺北時覺得 live house 很可怕，感嘆朋友都不聽團去探險沒人陪，現在反而只有看團時可以避開平常的人際圈。站在昏暗的小房間，身邊都是陌生的人，沒有人認識我。音響的低音讓骨頭震動起來時，我都會重新感嘆，果然這裡才是屬於我的地方。

也因此，表演一開始，我就沒有那麼在意 Micheal 了。聽到差不多無聊時，我比個手勢說要離開一下，打算去師大分部的全家買個酒喝，結果一爬上 The Wall 的樓梯就遇到安蔡和親親。

「你要喝酒嗎？」安蔡說，親親跟著從包包裡拿出一罐 Sapporo，「我們剛剛買太多了。」

簡直救星。我接過啤酒。

「對了，」親親說，「你們知道ＰＪ現在在哪嗎？」

「不知道。」

「沒人知道。」

這問題我上次看團，遇到盧恩和安蔡時就分別問過了。

喜歡臺灣獨立音樂的你在二〇一七年不知道也無所謂的事件第一名：ＰＪ消失了。

2

捷哥一直沒有出現，也沒有電話。

不看團的臉書好友留下這句話，讓我暫時停下滑鼠滾輪。看了留言才發現，他貼的是《千禧曼波》的臺詞，那個捷哥是高捷，不是ＰＪ。

ＰＪ消失至今，試著透過臉書聯絡他的人不時出現在我的動態上。看來私訊是聯絡不上，他也不回簡訊、不接電話，找ＰＪ的人只好去他的個人頁面發文，把所有人都引過來，一方面交換情報，一方面集體施壓：ＰＪ，大家都在找你，你不夠意思。

「至少他還活著。」安蔡說，「我用 messenger 還是有顯示他上線時間。」

「我是有用他的名字搜尋新聞……」我說，「所以應該是沒事吧。」

「我也有。」安蔡說。

幹，大家第一反應都覺得ＰＪ死了喔。

冷靜想想、想想推理小說吧。比起意外死亡或被抓，ＰＪ的確有更合理的消失動機，但我們不怎麼喜歡那樣想。

怎麼說。因為啊，看團的人嘛，大家還不是有一樣的動機。

所謂的看團圈，不真的是九〇到兩千年代那些樂團說的、常常泡在同一間 bar 裡最後混在一起的某掛人。就我觀察，還更像是在搭訕後成為樂團朋友的一撮一撮人，在一場三團等等基本規則下，漸漸在樂手交際圈外形成一個更外圍的交際圈，是朋友也是粉絲。玩相似曲風的團、同個縣市出身的團、有人在經營空間或廠牌的團，全都各有各的一圈，中場 setting 會聚在一起聊天的就是那些人和那些人，像染上色彩一樣顯眼。

如果我染上了紅色，就會在綠色的場子裡自顧自地感覺突兀，也許是漫長學生生涯中過度意識到派系間的壁壘導致。為了珍藏看團時那種「我什麼都沒有」的感覺，每次表演結束，我都繞過抽菸聊天的人群，速速騎車離開。

從圈子裡消失的理由，和走進圈子的理由，通常都一樣。

直到認識ＰＪ，我才開始在看團時不斷被人纏住。

ＰＪ也不是每次都來找我。有時散場了我才看見他在外頭跟別人抽菸，互相打個招呼後，他就會開始說他是哪個團的哪個傢伙，我又是哪裡來的什麼人，逼得我們非得互相點個頭乾笑才能結束這場尷尬。

尷尬不是我的錯，因為ＰＪ的介紹詞總是非常浮誇，但也非常生動，也似乎不經意地把自己貶得很低。

他經常說的一套開場是：

「我跟你說，他真的超——酷……」

3

ＰＪ錯過的表演越來越多。賽璐璐的表演沒出現、盪在空中的表演也沒出現，有人說他可能中了樂透，有人說他以前也消失過。到了 Slack Tide 的發片場他還是沒有出現，大家就默默接受這可能是真的了，臉書活動頁下召喚ＰＪ的慣例儀式終於不再出現。

ＰＪ這名字勾起的情緒越來越憂鬱。就在這三個字快要成為禁忌時，張偉突然向我提起，說很久沒看到他了。

「因為我最近有開始追一些樂團，會去按他們粉絲頁讚，」張偉說，「結果我每次點進去，第一個就看到ＰＪ。」

「我剛認識他時也發生一樣的事。」我說。

張偉突然感慨。

「ＰＪ也是很辛苦的那種人啊。雖然我只跟他喝過一次酒。」

「是啊。」

那次喝酒很熱鬧。因為「借ＣＤ」認識的人，和我的朋友們，六、七個人在金門街的小酒館聚會。安蔡特地從臺中上來，張偉也在下班後趕來。這些都是很不錯的人，過得卻不太好，我衷心認為他們該認識彼此。

張偉當時還不怎麼看團，只是之後越過越糟，團越聽越多，漸漸變得更像這一邊的人。

但他本人沒什麼自覺。

張偉問：「你們看團的都不知道他去哪了嗎？」

「好像是。」我說。

啊就看團才會遇到的人。怎麼好像我有責任一樣？

真要說的話，ＰＪ才有快點出現的責任吧。每次離開視線都讓人擔心他會不會很快死掉，但每個月看團都還是遇到兩次以上，對上眼就往你這邊蹭過來。這樣子的人，感覺很煩實際上很飄，突然就不出現了，都超過半年了，安蔡都夢到他三次了。

「好想再約一次喝酒喔。」張偉說。

「好啊。」我說，「等大家都有空吧。」

「待會上去跟你拿一點酒。」張偉說，一邊掏出他的房門鑰匙。我們剛買完宵夜回來，張偉住三樓的套房，我住五樓。

「來啊，不過我只有金賓。」我說。

去年入冬我開始喝威士忌，跟著張偉也開始研究，我們睡前不喝就會醒著看天亮。張偉每個月都認真挑選一支細細品鑑，我則永遠只買小北一瓶三九九的白牌金賓，他喝一次就嫌都是橡膠味，但我還是注意不讓瓶裡的酒少於兩人份，畢竟偶爾就是有這樣的情況。張偉說這個月錢不太夠，沒班可排。

回房不久，張偉就帶著他講究的威士忌杯上來，我刻意不看他往裡頭添了幾分滿。如果生活的歪斜只要灌酒就能平衡，多少我都希望他儘管倒去。

我沒有去他房間一起喝，他也沒留下來。除了晚安我們沒有再說什麼。明天還有事要做。

4

「你看過那個人嗎？」ＰＪ問。

「滿常的。」我說。如果表演有附酒卷，他都會把自己那張拿來給ＰＪ。

「我跟你說，」ＰＪ搖晃著腦袋，往這邊再湊過來一點，「他超——酷的。」

所謂陌生人間的安全距離，其實到處都可以看見它的實體。捷運車廂座位間稍微凸起來的那個東西、小吃店吧檯的矮凳間距，諸如此類。但這規則對ＰＪ似乎起不了作用。即使在音樂大到根本不適合多說話的 live house 裡，ＰＪ也會咬著你的耳朵，嘮嘮叨叨地唸完一長篇什麼什麼，通常都是關於那些很——酷的人。

只要是在表演的場子，所有很——酷的人，PJ都認識。

「他是臺北看團圈的奇人啊，只是他不喜歡高調，都安安靜靜看團。你知道Live A-Go-Go嗎？伍佰還在那裡表演的時候他就在看了。因為他每場都去看，後來伍佰還錄了一首歌送他，當生日禮物，到現在都沒有收錄的。」

PJ伸長手指，比劃出錄音帶的形狀，笑著，露出歪歪倒倒的牙齒。「欸，要不要？我介紹一下你們認識。」

「你不是說他喜歡低調嗎？」

「問一下嘛。」

結果PJ真的噠噠噠跑過去，又噠噠噠跑回來。

「他說他不想被認識。」PJ有點尷尬。

在這種場合炫耀人面，通常是為了自抬身價，而確實抬高身價的要點就是避開可能碰軟釘子的正面交流，只需要遠遠地、輕巧地，丟出一個足夠精采的故事，就能說服不在圈內的傢伙，說服人相信自己。

ＰＪ說的故事永遠都能吸引到我，但他一直搞些很矬的事，顯得非常不酷。每次我被故事吸引時，ＰＪ總是立刻提醒我，他只是在說故事而已，故事本身是屬於另一個人的。你喜歡嗎？怎麼樣，要不要去認識一下？用你的故事去交換？

我因而被迫面對了好幾次類似的場合，跟我悄悄喜歡著的樂團人面對面，窘得只能說些很喜歡之類廢話，在飆車回家的路上不斷重播本日尷尬場面來盡情後悔。如果我長得可愛一點，或是純真到可以當場感動落淚就好了，什麼都不必說。

搖滾樂將我從悲慘的高中生活拯救出來，我真的太愛在臺灣玩團的這些人了，說再多都無法表達我的虧欠。

人生唯一一次我想過要買下一幅畫，是在 Mangasick 看畫家垃圾的個展，日本樂團神聖かまってちゃん的主腦の子的背影，濃烈的色彩在純白的畫布上飛散。我完全

理解為什麼是背影、為什麼打底是強烈到足以消滅輪廓的白色光柱，那就是我對樂團的崇拜與怯懦。拒絕承認他們也是人類，拉開距離，用我的目光交換他們的存在，在表演結束後快速離開，不去看他們跟和我差不多的一般人圍團喝酒、聊著普通話題的平凡場景。

而ＰＪ將我徹底地否定了。

ＰＪ用與我完全相反的方式活在這個圈子裡，親近各式各樣的人，向所有人說著我永遠無法聽到的故事。他肯定沒注意到、也徹底浪費了自己說故事的才華。ＰＪ一直都沒有成為另一個很──酷的人，同時我也開始懷疑，他是真的想讓所有人互相認識。

也許他是真心認為大家很酷、大家都很酷，甚至沒時間介紹自己。習性不同，但我真心地喜歡ＰＪ，也想為他努力多說些話。

我從他身上感覺到同類的氣息。

5

ＰＪ來了我的房間，伸出他的舌頭說，就是貼在這裡，內側。他說的是ＬＳＤ，他和信得過的朋友一起試的。那個人想在臺灣推行合理使用迷幻藥的觀念，懂不少，就像藥劑師。像是那個，ＰＪ轉述，ＬＳＤ不會干擾你的理性，但它會直接影響你的知覺，所以你會清醒地看到幻覺。

他們去了中正紀念堂，爬上正堂的階梯，背對蔣中正的銅像坐著閒聊。反正半夜了，沒有人會上來這裡。

那天其中一個人先吸了大麻。ＰＪ說，就跟你心情很悶的時候不要喝酒一樣，大麻會影響你的情緒，把它增幅，如果你很開心就會更開心，但如果你心情非常糟糕，那就絕對不要用。聊天聊到一半，先吸了大麻的那個毫無預警地閉上嘴，一動也不動，接著猛地站起來，說要回去，回宜蘭的住處，現在就要。

ＰＪ和其他人合力把他制住。開藥的那個人靠過去溫柔地說，沒事的，你很安全，你跟我們在一起，一遍一遍反覆地說。

後來，ＰＪ說，後來他冷靜下來，才說，自己突然感覺不到身邊有人，發現自己在一個很黑的地方，什麼都沒有，就這樣一直走著。

聽起來像所有同年代樂團都可能寫出來的詞。黑暗的道路，一直一直走。

稍後他們去附近的すき家吃了頓飽。ＰＪ莫名地感到不爽，丟下其他人先走了。他的藥效還沒退，但他還是一個人離開，走到一條沒有燈光的小巷裡，決定在這裡撇個尿。

等到尿完，ＰＪ望向小巷的末尾。

就是，你知道，就像隧道那樣嘛。ＰＪ說，雙手比劃出一條小巷的長度，然後指出他在哪裡，末尾在哪裡，然後說他看到了什麼。

他望向小巷的另一頭。那裡有著大路的燈光，就像隧道的出口，但是它忽遠忽近、忽遠忽近，就像整個黑暗的隧道不停在扭曲、伸縮。我還是清醒的，所以特別可怕。ＰＪ伸出雙手，在眼睛週邊揮動手指，說他看見了無數的黑色小手，慢慢蠕動著，從視線邊緣鑽進隧道。

黑暗。為什麼都是黑暗呢？明明六〇年代在美國搞搖滾樂那些人，看到的幻覺都是七彩的、亮晶晶的。

也許因為這裡是臺北吧。

「我再也不會用ＬＳＤ了。」ＰＪ最後對我說。

我拿起一片西瓜，把它啃到只剩下皮。

我不知道自己會聽聞這麼多事。ＰＪ只是昨晚睡在外頭今天想找一個洗澡的地方，我也只是答應了又順便在他洗澡時切好房東給我的小玉西瓜，我不知道自己在陪他閒聊一邊吃西瓜時會聽說這麼多自己這輩子如果沒飛去荷蘭或管它哪個不是臺灣的國家就絕對不可能經歷過的事情。

ＰＪ鉅細靡遺地說著，就像他認定我這輩子肯定會用到那麼一次ＬＳＤ還是什麼鬼的樣子。

跳到下個話題，ＰＪ說起自己買大麻時的狀況。

拿到貨時，ＰＪ問：「這要怎麼抽？」

那人說：「就跟抽菸一樣啊。」

「可是我不會抽菸。」

「不會抽菸你還來買大麻？」

那人笑得跟什麼一樣。

我也笑了。

好吧，臺北還是滿有趣的。

那天晚上PIPE有場我們都想去的表演。ＰＪ早我一點去了，說服了某個團把我的名字列入賓客名單，中間轉達不清不楚，害我跟窗口糾結了半天到底該不該直接放我進場，散場時也不知道該跟誰道個謝盡個最基本的禮儀。

也跟往常一樣，ＰＪ沒把表演看完，不知何時就早早消失了。

6

ＰＪ要是沒有突然消失，通常就是先在表演結束前喝到掛掉了，在文林北路73巷，在淡水文化園區，在Revolver的廁所裡。回家在臉書上看到「ＰＪ又掛掉了」的屍體照，總是有活動圓滿落幕的安心感。

大概就因為這樣，要是ＰＪ真的掛了，大家都覺得自己有份責任。

跟ＰＪ只見過兩三次面時，一天晚上他突然說要跟我借兩百塊，說是包包在哪一時拿不到什麼的，好像要買酒請誰之類，待會散場就可以還，說得結結巴巴，搞不懂臉皮到底是薄還厚。

我跟他去了吧檯，點了他要的酒，再加我自己的一杯。

「不用還了。」我說，「下次你請。」

不過是幾杯酒。如果是個糟糕的傢伙，就這樣劃清界線也好。

後來每次見面，ＰＪ動不動就要請我喝酒，看到熟面孔就把我拉過去「認識一下」。有時候我覺得，ＰＪ只是想找人說話。

那時他先開了個適合炫耀的話頭。

「我其實不太喝啤酒。上次有人推薦我喝這個，滿不錯的。」他從外套口袋裡拿出一個塑膠瓶。是超商賣的小罐金賓。

「就傷心欲絕那個？」

ＰＪ擺出你果然懂的表情。要是你不懂，去搜尋司機載我回家。

「我很少喝烈酒。」

我接過瓶子，小小啄了一口。

「怎麼樣？」

「這個不錯。很甜。」

「這叫波本，加玉米的。」

ＰＪ說起那天被推薦時的故事。

不久後就是冬天。

ＰＪ真的消失了。

7

某次在 The Wall 的表演中場，看團的人照常沿著汀州路邊蹲著坐著喝酒抽菸。我躲到最末處的角落，一個人拎著啤酒淺淺喝著，正好看見帶兒子路過的爸爸，聽到他低低罵了一聲：跟乞丐一樣。

才剛說完他就對上我的視線，立刻狼狽地逃走。走沒幾步，他又縮著脖子回頭察看，又更急著牽著兒子離開。

因為我一直專心瞪著他，一邊想該怎麼用眼神完整傳達出我的憤怒。我也不是覺得他說的不對。真的，如果要客觀來講。

但我也不至於連敵意都感覺不到。來自所謂社會正軌，沾沾自喜的敵意。我嗅得出來，因為我偶爾也散發出那種氣味，但不是現在。

我只是中場時間坐在 The Wall 裡頭喝酒的人，我們只是同樣在中場時間圍在 The Wall 外頭的陌生人，但我會袒護我們。道理就是這樣。

所以ＰＪ消失後，我沒有找過他。

如果在這裡等不到，就不必特別去找了吧。

要是真找到了，他解釋了什麼來龍去脈，那再來呢？

越是看著其他人千辛萬苦聯絡不上ＰＪ，我就越是想著，要是我真的找到了

ＰＪ，那不就是他總算願意對我坦白，像是他認定了我擔得起他的苦衷，但我擔得起嗎？

他去了哪裡都好，可是他為什麼離開？

在臉書上召喚ＰＪ的那些人，似乎全都膩在同一個圈子裡，不是哪個團的樂手、就是他高中吉他社的學弟。怎麼可能他臉書只加了這些人？我每天潛水觀察，一邊在想，ＰＪ的好友裡是不是有誰正冷冷看這些只會拉人去鬼混的傢伙該該叫，欣慰想著：ＰＪ可是重新做人了，他正在社會的正軌上走著呢。

倒數第二次看到ＰＪ，是我突然被他請了一場表演，落日飛車的 City Jive Vol.2，還兼 Manic Sheep 發片，算是大場子。一個禮拜前他就神神祕祕說那場表演多了一張票，不跟我要錢，問我要不要去卻叫我別問他的管道。我不喜歡接受太過便宜的事，跟他說先找別人吧，找不到我再跟你買，結果表演當天他還是叫我趕快過來。

那陣子我什麼表演都會看到落日飛車和 Manic Sheep，人又多，看得有點無力，中途離場跟ＰＪ聊了很久。他之前一直在說的那場暗戀算是正式結束了，他媽的檢驗報告很不樂觀，她卻不肯好好休息，家裡小工廠的運作開始出問題。可能他要辭掉現在的工作，不幫忙家裡說不過去，但要是回去了，大概就沒辦法再像這樣，晚上一個人大老遠跑出來玩。

我專心地聽，給點無關痛癢的回應。

也許他需要一句少年漫畫式的感人臺詞，需要得到一個刻意琢磨過的分鏡，讓自己梳理思緒時湧出的情緒鋪陳出一個跨頁華麗場景，才有結束這回連載的感覺，才能走向下一個展開。

但他說的都太現實了。

而且現在樓下還在表演。我還是把自己當作站在臺下的人，專心看著他說這些話的身影，我覺得自己沒資格多說什麼。

稍後我還是進場看了一下表演。再出來之後，ＰＪ果然又消失了。

明明是他臨時叫我過來的。我小氣地感到不爽。這不就搞得像是他為了說這些才把我找來的嗎？

再過幾天，ＰＪ來了我和詒徽的講座。在我自己都昏昏沉沉不太適應的白天，我第一次用搞文學的人的樣子和ＰＪ碰面，走下臺跟他打招呼，忙著應付簽名拍照什麼鬼東西之類細節，回神他一如往常地消失了。

然後我們就沒再見過。

8

那次在金門街的聚會真的很舒服。

酒吧是賣精釀啤酒的，原本要去的那間似乎收了，常泡 bar 的ＮＬ臨時又推薦了附近的這間。我到時五子棋和詒徽已經先到了，我急著介紹他們認識，忘了我們曾經湊票一起去看 Sleep Party People，散場後還在麥當勞聊了一下。

ＮＬ也到了，阿三也到了，約好的人陸續都到了，三個兩個地湊著腦袋閒聊，探聽對方的來歷又對照自己最近的規劃，開一些關於可能性的話頭。即使在這樣的場合，ＰＪ也能找到機會偷偷告訴我，他的一個朋友就住這附近頂加，視野極好，能一群人在夜空下喝酒望著新店溪倒映的燈火，感覺地窄天高。

店裡另外有一張雙人桌在搞簡單的慶生會，還送了一塊蛋糕過來，所有人口齒不清地祝福著不知道是誰的人發生的不知道哪件好事，一邊分著不怎麼下酒的甜食。聚會到後來，ＰＪ和安蔡到店外頭的座位兀自抽起菸，我也跟著出去，在飄起小雨的路上和他們閒聊。

ＰＪ沒唸大學，安蔡唸的是科大。ＰＪ消失後安蔡還是偶爾來跟我們喝酒，動不動就嗆我們菁英說我們講的話有夠難懂，我們只好吞下去乖乖反省，最後剩張偉很弱地偷偷抱怨，他明明也只是私立大學，人生也爛到不行，自己也只是拼命跟上朋友間的話題，幹嘛硬要在那邊「你們菁英」。

其實大家都只是沒安全感吧，不知道付出的真心是不是只能換回一坨冷冷的 shit。

都二十幾歲的人，大家都在幹很酷的事，但大家都過得很爛，這時機就是這樣，沒必要想那麼多吧。欣賞彼此是這麼理所當然的美好事，該死的是讓我們如此自卑的這世界啊。

都去死吧，幹臺北，幹這一切。

喝到店子準備打烊，ＰＪ跟詒徽又去拿了兩支大酒，所有人一起分著乾掉。原本ＰＪ還在宣稱酒只要能醉就好，被我和ＮＬ回擊，說喝酒就要喝好酒才能喝得下更多酒啊。終於老闆帶著不知是欣慰還是疲倦的表情幫我們結帳，所有人都張開手指夾著自己點掉的酒瓶在櫃臺排隊，我站在收銀機旁，努力保持清醒好點算比較複雜的人情帳該怎麼拆。大家都窮，又希望各自盡興，最後現實的東西還是得看人情。

最後我跟詒徽決定幫準備北上的安蔡付帳，叫她回去待會千萬小心，大家都要她到了再傳個訊息通知。

ＰＪ也在付帳時多掏了幾張鈔票，都藍的，很難找開。我只好先收下，想說讓人這樣難做實在不夠意思，他又不是過得多好，下次喝酒一定要好好還回去。

我忘了認識ＰＪ以來，他總是在請人喝酒。在ＰＪ就這樣徹底消失之前，我還沒來得及請他。

我感心你不告而別，ＰＪ。

再回來吧。

對與錯與我們的超展開

我一直都知道最初的激情從何而來。

●

立院反包圍的中期某天，我抱著一如往常的消極想法，搭木柵出發的最後一班公車，到林森南八巷準備夜宿。所有人被雨逼進屋簷。有個掛牌子的糾察決定他今晚的義務就是讓大家的心連在一起，開始讓我們輪流自我介紹。我想把他的兩片眼皮都撕下來黏在拒馬上，好讓他看清楚我還開著筆電做事。

我用委婉的方式問他糾察都這麼白目嗎，他似乎倍感殊榮。他甚至還是高中生。我問：你怎麼當上糾察的。他熱血說因為想當，就去某了個地方報名。我問他，糾察是誰管的。他說不知道。我說天啊這是卡夫卡嗎？其他人似乎覺得我很難聊。

夜宿地的交談漸漸浮現一股讓我害怕的氣息。如果某個心療中心莫名決定替全體患者辦一場旅行，那在旅館裡就會出現這種對話。所有人都彆扭得要死，卻沒辦法忍住不說：我來這種地方真的是第一次、我連學校都幾天沒去了、我在這裡感覺充實到自己都意外；我非常努力，因為我們來到這裡。

他們的積極和純真搭起防護罩。我想但沒有力量質疑他們。

●

對於身在運動現場這件事，我一直感覺到非常沮喪。直到社會一腳踏進大四下的生活準備迎接我，我才發現他媽的社會原來你確實存在，這麼多年都躲到哪去我還以為你早死了。我的所知所學對理解社會一點幫助都沒有。居然讓我完全不需要接觸社會就能一路讀到政大臺大，這肯定是被暗算了，升學制度將我高高舉起，現在它要把我用力砸在地上然後嘲笑那攤爛肉了。

我無法繼續相信學校教育，開始按捺不住上街頭的衝動。如果當時突然出現在我面前的社會是一根香蕉，我想我是蠢到把它連皮吞下了，現在才老是胃痛。

我無法忍受自己突然變成一個無知的人。我更無法接受繼續被當成一個聰明的孩子。聰明的孩子啊，你不會讓自己捲入麻煩，你不會做出莽撞的選擇，你知道自己開口時必然已有正確答案。

走上街頭以前，我給自己設了一個資格考，列出一組Y／N問題：

（　）這些上街的人對或不對？

（　）我支持或不支持他們？

搞得好像我光上網拆懶人包就真能拆出法學還社會學總之是文學以外的素養一樣。無知的我一次一次都無法通過考試，決定從「跟朋友出來看看」這樣的藉口開始上街，迴避諸如「你為什麼這麼容易被影響」、「你真的了解那件事嗎」的所有質問。就像我二〇一二年總統大選投給馬英九，只要被人問起原因，我就頭腦放空大方表示我投孝順票。

（ ）總統投馬英九對或不對？

（Y）孝順對或不對？

不落入回答錯誤的窘境非常簡單。只回答最簡單的問題、迴避沒有把握的問題、順從上一代決定好的事；身為那高分的一群，我早就熟悉各種操作原則。當我開始上街，我發現自己害怕錯誤超越一切。我一直知道自己走上街頭的激情來自無知，但無知讓我的感覺被雜龐的街頭徹底充滿、壓倒，就像為了轉大人而走入花街，卻尷尬地發現只有自己傻呼呼地全裸逛街，暗處伸來彩繪指甲一搔就差點洩了。我必須把持最後的矜持，穿上「我是正確的」這樣的想法武裝自己。我不可以相信錯誤的人、選擇錯誤的立場、採取錯誤的方法。真的非常尷尬，我還是害怕……變成我希望理解的那群人，像我看到的暴烈、激昂、偏執。轉骨變大人了後，我敢也會行入去胭脂巷仔？

會如此害怕變成錯誤的那一邊，也是因為街頭從一開始就是錯誤的。不在上面定下的規則內表達是錯誤的、在沒有定論的討論中選擇立場是錯誤的、沒有屌打所有人的能力就讓自己攪和進去是錯誤的。既然身處街頭幾乎無法不犯錯，那麼那裡就是錯誤的。在我升學路上所見那高分的一群（安分、保守、偏執），Y／N判斷就是如此。

我們否定、但相信臺灣社會的大部分體制，因為我們在裡頭過得安順，從來沒有想過離開。我們在體制內思辨，知道「我不懷疑體制」是一句髒話，但從未真正意識到體制，因為我們有太多手段麻痺自己，娛樂如是、偶爾文學亦他媽如是。對與錯的思考模式限制我們的思辨深度、選擇題的訓練讓我們從不懷疑選項，一頁一頁卷紙磨過，我們的思索鈍得再也戳不破哪怕薄薄一張卷紙。

體制是對的，體制外自然是錯。街頭作為體制外空間想像的代表，最好沾都不要沾到半點，大概一輩子在體制裡頭生活也差不到哪裡去。我們望著上行的階梯，不斷成為自己能夠成為的最好、最正確的人，延後認識作為個人的我究竟是誰。

我究竟是誰呢（愛考試的孩子會夢見自己嗎）。在街頭，比起理解社會、參與社會的期許，我可能更只是想要確認「我為什麼關心這些事」。

八一八反大埔拆遷，我在突擊占領的內政部騎樓看過一個女生。她剛辭掉上個工作，什麼都不懂但希望上街看看，對自己居然就從善如流地跟著闖進內政部非常非常害怕，整晚繞前繞後瞪著所有動靜。當天色乍乍亮起，我看著她垂下眼皮，帶領無法入睡的人圍圈，在橫豎成排的屍體中向上帝祈禱：希望大家都能得到安寧。

我衷心希望她的上帝快快幫她把恐懼解決了。可難得她有一個上帝。

那時三一八學運開始，我一點都不驚訝，它也很快地讓我厭煩。越是發現議場內沒有打破僵持的意思，甚至也不打算向場外解釋這件事，我就越覺得恁爸只是予人當做遙控人肉拒馬，憑什麼。約莫同時，我身邊那些曾經沉默，或曾經宣稱「我同情受害者但我不認同上街抗議」、「我理解但我不支持任何一方」的朋友一個個打來電話，問我能不能帶他們一起去立法院。

我現在已經不像當時那麼驚訝。占領立法院並沒有不同，比起反核或同志遊行、比起反王家或林家拆遷，除了它實在太過戲劇化這一點。幾個莽撞的學生突然就占領了立法院，這個超展開讓我們再也無法無視，開始追問：為什麼我一直沒注意到、事情終究會變成這樣。

這樣解釋吧。我們這些混進好大學唸書的傢伙絕對不笨，但我們的聰明都是用來擺弄道場劍術的木刀竹棍，我們從未體驗過深刻的傷害，便自信於技藝高超，嘲笑那些滿身傷疤的流氓武士，卻也因為他們而深深自卑於自己的白淨。

因為難以化解自信和自卑來自同個理由的事實，我們假裝沒看見流氓武士和他們的戰場，把自卑藏在未曾開鋒的武器裡，直到三一八學運殺得連道場的招牌都給摘下來幹人。

我相信，從三月十八日開始關心外頭的人，其實很大一部分更在意「為什麼我不關心過去也發生的那些」。所有人都在深刻的反省，不讓自己受傷再也不是值得驕傲的事。其中的一群人也許打了卡，熬夜、蹺課、中暑、不洗澡，屁蛋大的不舒適都被當作償還冷漠的自我懲處。也有另一群人，遲到的焦慮讓他們急著闖入最混亂的前線，忘記自己根本沒有野地裡廝殺的實戰力，甚至也不知道受傷有多痛。

我在三二四的行政院初次感受運動傷害。從大廳被驅趕出來的混亂中，我抓著痛到哭喊出來的人、失去知覺的人，我明明緊緊的抓住他們了，卻沒有除我之外的任何人感覺得到。自我反省營造出的疏離感，也是在運動現場捍衛自我的方式之一。但那個場合讓我完全放下對自己的懷疑，毫無防衛地暴露在現場，激情燒穿我的皮膚，暴力卻依然毫無感覺地碰觸我的火焰。

暴力加諸在參與三二四一夜的人身上，但三一八以來有感的人都引以為恥，渴望分攤這個最深刻的傷痕，國殤的說法被一再重複。三一八不得不顯得戲劇化、超展開，就是因為它對抗的「更大的什麼」太過嚴肅、僵硬，而且毫無人性。

給予我們知識、感情與文明精神的，並不是這個臺灣。

截至目前最大的情感傷害打破最後一點矜持。「我這麼做對不對」的念頭終於被「不做點什麼不行」的想法淹沒。對或錯晚點再說，所有人都露出隱藏的真正個性，寫字、說話、行動。三一八是審判我們的業鏡，過去在我面前展現機智、靈敏的人，全都變成手足無措的笨蛋和熱血衝腦的笨蛋，很慢很慢地，渴望改變、渴望跟上變局，渴望在混亂當中展現自己的價值，如果它確實已在，它就是讓我們脫離地獄的唯一判準。

●

三二四過後，一群死文青組成的輕痰讀書會向我們認識的許多寫作者邀稿，印了兩份《街頭副刊》在靜坐現場發送，嚷嚷「有人需要文學嗎」。我自己並不非常清楚這樣做有什麼意義，也沒有餘力思考。我認真希望拯救過自己的文學能夠拯救其他人，但這種心態不就跟為壓根不信教的人祈禱一樣嗎？我可以列出一百個不應該這麼做的理由，但沒有一個成功阻止我。

再不做點事就真的要崩潰了。事到如今，我有點懷念當時熱烈的行動力，以及無論任何突兀都能迅速吸納的失序狀態，事到如今那個情景都已經消失了。以身為文藝青年自豪的我們，在體驗過叫賣文學之後，真的有辦法摸摸鼻子就回頭選擇文學獎、出版和申請補助嗎？

超展開不是天天都變得出來，我們感覺到新的焦慮。領導中心試圖正面對抗「更大的什麼」，而決定變得和它一樣龐大，嚴肅、僵硬，缺乏人性。我看到立法院的內外場機制幾乎搭起一座卡夫卡城堡，事態卻遲遲不見結束。

三一八的後期給我非常糟糕的印象。即使政治形象的型塑空前成功，卻沒給首次投入運動的新血任何啟發。不想再次陷於另一個體制的我們紛紛離開，回歸生活，出社會，絕望於臺灣是個民智未開的落後島嶼。

有人被空虛感徹底壓垮，不敢再把目光投向街頭。

有人餘燼未熄，持續關注社運卻再也不前往現場，動輒痛心疾首。有人變得更加高傲，確定自己當初的冷漠是正確的。

即使這麼說對運動非常不公平，但做為一個太常抱著看戲心態的觀察者，爛尾的嚴重性足以反過來否定開頭的戲劇化。我不知道如何安慰我的朋友。我不敢期待出現更加誇張荒謬的運動再一次激勵他們，三一八本身卻沒有給他們足以沉澱思考的內容。

唯一的改變是，我們再也不避諱談論街頭。即使他們不再參與，也不會假裝不知道我跑了哪些場子，甚至主動要我敘述細節。對街頭抗爭的手段失望，對不正義的關注卻更加敏銳，老實說我覺得這狀況很好笑。無論如何，高分一群中不談論社運的政治正確已經逆轉了，這是明確的事實。

也許像我這樣因為同情而參與個案，在實際行動中受傷、成長，投入下個個案的無腦實踐派，又將很快地被交替了。對那一群思考重於行動的人，活躍的方式可能不再是前往街頭，而是大量消化運動後的研究與論述，在網路和社交之間，養成個人的意識與立場。

說完連自己都不太相信。要面對自己只是過渡期的可能性實在太難了。我連文藝青年的自我質疑都還沒理清。

但也不急。我滿心期待，還有很長一段亂局要過。

輯二

迷失男孩

我是熊，沒有名字

前陣子和阿哼在活動初次見面，臉書上看他發宣傳文，說有個問題想問：我跟熊仔到底有沒有關係。畢竟我們名字只差最後一個字嘛。我在螢幕這邊哼哼笑：果然，又來了，老問題了。

關於姓熊這件事有多麻煩，這輩子沒姓過一次熊絕對沒辦法理解（廢話）。只要是打電話到餐廳訂位，每次對面問貴姓，我說熊，另一邊反應永遠是瞬間愣住。倒也不至於覺得被冒犯，只是一直搞出這種一模一樣的尷尬，我有種必須感到很不好意思的責任感，每次都想在那一秒的空檔說：沒關係，我姓陳就好。

然後到了現場，櫃臺翻開訂位名單，上面大概有三成機會寫的是雄先生，哭啊。

遇到細心一點的，電話裡會先問是哪個熊，我小時候說熊貓的熊，到了某個年紀突然意識爆發，改口說是臺灣黑熊的熊，絲毫不為用了比名字更長的詞解釋一個姓氏的荒謬所撼動。現在我簡單說動物的熊，偶爾到現場還是看到雄先生，我的心潮也不再波動，不會再沉痛於敗給高雄和葉大雄的知名度，選擇相信對方是經過審慎考慮才寫下這個雄。這不是義務教育的敗北，只是罕見姓氏的宿命。

老實說，姓熊這件事在小時候還滿有趣的。小孩還小、動物可愛，長輩看到都叫小熊小熊，被叫著知道對方開心，自己也安心愉快。直到開始上學寫字，發現這個熊字不好寫，人家的名字通常是兩個零件，我的卻有五個要組，大小比例和相對位置調了又調，怎麼寫都不好看，像個東拼西湊的大怪獸，更不用說可愛。我被叫小熊時開始有點彆扭，接著出生的我弟更慘，被按序列直接列名小小熊。幸好我家沒有更多弟妹，不然這俄羅斯套娃不知要疊到幾層。

姓熊的形象鮮明，綽號好取，反過來就是很難讓人留下熊以外的印象。國中畢業前同學都住附近，畢業後路上碰面，衝著我先喊一聲欸那個熊、熊……。不知道被熊到第幾次，我總算學會在這個場合接話，說：沒關係，叫我熊就好。這句話後來變成我介紹自己的第一句話，反正人生漫長，未來還能相見也是有緣，就別讓名字破壞這萍水相逢的感懷，只要記得，看到這傢伙叫熊就對了，熊總不會忘了吧？

出乎意料的是，這個被我精簡成旅行套組一般的自介居然並不是那麼萬用。網上找到內政部二〇一八年姓氏統計，姓熊的大約一千兩百人，在一千八百多個姓氏中排第一〇八名，人數看起來其實不少，我求學工作也偶爾遇到。跟人說叫熊就好時，也偶爾得到一種回應，類似「隔壁部門也有一個熊欸」之類。討厭的是，我在這種情況還真沒遇過對方一樣姓熊，要嘛是喜歡可愛東西的女生、要嘛是身材魁梧的男生，前者綽號熊熊、後者通稱熊哥。我上份工作第一天跟同事聊天就發生這件事，沒想到剛進新環境就跟老鳥撞綽號，還是因為本人姓氏這種感覺更名正（好無謂的雙關）言順的少見情況，對方一下子想不到話術緩頰，我也沒為套路撞車準備備案，部門裡沉默一陣，決定暫且擱置稱呼問題。幸好我做一個月就離職了。

這個套路有另一個華麗許多的撞車事件。某年同志大遊行，朋友和他的朋友偶遇，熱情介紹我們認識。我照慣例說我是熊，對方視線由上而下掃描一遍，皺眉說可是你看起來不像啊。

是齁，對不起喔。

就算不是同志大遊行這種場合，我也真被說過幾次看起來不像是姓熊。既不是外型可愛，也沒有高大強壯，跟熊這種動物給人的普遍印象搭不上線，在容易擔心被人調侃訕笑的中二青春時期，我還真的微微為此感到厭煩。說到底，這些都是自我意識過剩吧。

姓都姓了，也不能怎麼辦，那就自我意識過剩地過人生吧。基於實踐這份心態的精神，只要在外頭看到「熊家小館」之類的蛛絲馬跡，我都會試著認親。有次在某熊家餐廳吃飯，結帳完我問店員老闆是不是姓熊、我也是，沒想到店員一個激動去後臺叫人，老闆跑出來和我握手，熱情說怎麼沒有結帳前先講，他可以幫我打個折，叫我下次來記得說一聲。

我擔心他真的幫我打折，到現在都沒去過第二次。

另一次的情況更誇張，是我在疫情期間打電話給地方文史工作者要資料。外人有事，勞煩在地方耕耘的長輩，難免要拜個碼頭建立信任感，疫情期間無法上門拜訪、視訊也還沒普及，太多人連見一面都沒辦法，我找資料期間到處碰壁，難得有個大姐願意接我電話，主動說可以給我資料，說之前誰誰誰來要都沒好好使用早就不想管了，是這次碰到我才肯給，因為我也姓熊。

我知道大姐一樣姓熊，拿到資料我很高興，可是說真的，這跟姓熊有什麼關係？難道是我們都和這個形象過於鮮明的姓氏周旋了整個人生，才隔空培養出這種莫名堅韌的戰友情結嗎？

大姐講話夾帶臺語，我發現機會難得，問她家裡是本省外省。大姐說她是芋仔番薯，臺語是媽媽那邊講的。我說可惜了，我一直到處在問，但到現在都還沒問到一個跟我家一樣的本省熊。

是的，這是我家從爸開始的一個謎團。一般普遍認為熊是外省姓，小時候被《大陸尋奇》的熊旅揚搶走卡通時間，我氣她身為熊族居然背叛了我，長大發現我們家才是異類，除了老家水底寮附近的幾戶鄰居和親戚，我還沒遇過其他姓熊的本省人。前面說擔心餐廳老闆打折只是玩笑，真正原因是那是間賣眷村菜的餐廳，但我就不怎麼愛吃眷村料理，也被對方的熱情搞得有點不知如何解釋。

爸從我還小就講過這件事，說他每次遇到同姓都會問一下。阿公阿祖都是道地講臺語的，不可能是後來才學，還一度懷疑我們家曾經改姓避禍。如今我也開始追問這題，倒不是心裡還有省籍之分，只是想證明不可能全臺灣只獨我一家本省閩南熊，姓中有籍，不可能我們這邊真勢單力薄，甚至天涯孤獨。

我還記得小時候，爸看我字醜到受不了，用他特地練過的硬筆字一筆一劃教我寫熊這個字，關鍵是不能每個零件一樣大，「ㄙ」的部分寫大一點，「月」貼齊右側，右邊兩個「匕」就順順地寫，底下「灬」一樣第一點要點得用心，剩下的自然就會漂亮。

不管是姓氏或是家世，爸似乎也有過他的周旋。我沒多問他，只記得爸教我寫字的心得。現在我偶爾幫人簽名，寫好一個給爸看，他說哪會有人簽名簽遮穩的。

爸和我還有另一個相同的地方。就像我跟熊仔一樣，爸和熊天平的名字也只差最後一個字。後者還在歌壇活躍時，三不五時就有人問他：你跟熊天平是什麼關係？

爸的標準回答是：我是個小弟。

開始被問跟熊仔什麼關係後，我把我的遭遇告訴爸。他說你按呢憨憨，著佮人講你是個兄弟仔，予人歡喜一下毋是蓋好？我說你那時候沒有網路，現在人家手機一查就就知道了齁，啥人佮你憨憨。

回到開頭，結果阿哼沒有問我跟熊仔的關係，我也沒主動提，大概他也跟所有問我這一題的人一樣，明明知道答案就是沒有，但對了一個少見的姓、又對了第二個字，機會如此難得，強忍著不問實在可惜，就像拉霸機出了兩個七，大家都好奇是否會有奇蹟，但說實際我們真的沒有關係（你說那幹嘛押韻？我說因為我有競爭心）。

如果熊仔看到這段覺得寫得不錯，我也是可以考慮認個乾哥。如果熊天平看到了，我代替我爸跟你說對不起。

體育

1. 囡仔體

「你這骨頭，差不多是男生小學五、六年級的程度而已。」

中醫師放開我的手腕，一邊敲鍵盤一邊說。

等一下。小學？

「我們來幫你調一下體格。先從骨髓，到骨頭，然後肌肉，慢慢幫你調上來。一般是不會有人想要這麼麻煩，不過我們先試試看。」

醫師陳述的語氣沒有貶低的意思，我卻有點動氣。我的體格一直都是過瘦沒錯，但說我骨頭還是小學生？要不要找個小學生跟我打一架試試看。

但我沒把話說出來。醫師把脈的手粗糙厚實，如果我直接回他屁咧，他好像會客氣地說「不然我先折斷一次給你看看」。

離開診間，我忍不住對剛才的衝動有點懊惱，也被自己的過度反應嚇了一跳。過了一會，我才想起來，像這樣的場景，我已經經歷過好幾次了。

最早是國中的時候，媽帶我去從小看到大的小兒科診所。醫師平常講話都溫和客氣，唯獨那次，他說的話彷彿絕對無法違抗的宣判。

「你這個沒辦法治療。這是體質問題，你天生就比較弱。」

起因是在升旗的時候。高雄的太陽曬得人滿身大汗，風從黑板樹的陰影下吹來，冰涼的觸感碰上皮膚，我突然開始顫抖、發冷，頭腦跟著暈眩起來。

第一次遇到這種狀況，我想著忍耐一下、很快就會恢復，意識卻越來越薄弱，視野泛起白霧，連站都快要站不住。

我很驚慌，但我連表現出驚慌的力氣都沒有，只能用最短的句子跟後面的同學說，我不舒服、去休息，轉身想趕快找個地方坐下，膝蓋一彎，體重就直接把它壓垮。我的視野變成一張白紙，接著下巴一陣劇痛。

視野稍微恢復，在我眼前的是花臺，而我正趴倒在地上。

陌生的笑聲響起，是其他班級的人。

我重新使力站起，用最快速度離開升旗的中庭。

這件事後來常常發生。流汗吹到風就會暈倒是個大問題，媽帶我診所問有沒有辦法處理這種症狀，或許我們可以吃些藥、治好它，就像每次來看感冒一樣。

但答案是不行。

你天生就這麼弱，沒救。

整個國小我都輕鬆到處跑跑跳跳，結果一進國中，我突然就被判定為虛弱的那邊。就算心態無法接受，吹風暈倒的狀況還是一再發生。

我對我的體能抱有非常矛盾的情緒。從小到大我看過很多被貼上「不擅長運動」標籤的人，即使從來沒被分在那個標籤之下，卻依然不時在同一個地方感到被否定。

中醫師說我骨子裡還是個小學生，我不知道具體是什麼意思、判斷合不合理，但這句話莫名和我的體質從國中開始出狀況對上了。我久違地想起當時的絕望，和我就算體育課有過什麼好表現、大隊接力能跑最後幾棒，都不肯和朋友一樣認真打好一種球，不願意把運動當作交流的真正原因。

2. 跑步

雖然曾經那麼絕望，但高中畢業後，吹風暈倒的問題就自然消失了。我不是真的這麼想，但我很想回到過去帶小時候的我對醫師比中指。

西醫無法治療的體質竟然還是改變了。我心裡有數，八成跟附中的體育課有關。

在我高中的時候，高師附中的特色之一是不開玩笑的五育並重。音樂課要編爵士鼓即興演奏、生活科技要破解其他小組設計的密碼，體育課考排球兩人對墊，一下一分，想考的人先自己對空墊一百顆不落地，過關才有資格考試。我高中唯一一個補考的科目就是體育。

我聽同學說過一個笑話：在火車站附近的補習班，兩個雄女學生抱怨明天要考八百公尺，一個雄中男生經過，說八百算什麼，我們明天要考一千六，說完後面一個附中學生冷冷地說：我們明天要考三千。

附中體育課最惡名昭彰的一項，每學期都要測一次三千，不分男女、不准用走的，一定要跑起來，再慢也無所謂。回憶上面那個笑話讓我想起來了，每堂體育課開始前好像都要跑個八百熱身。

普通高中的體校、大學系隊的隊長產地，這都是我聽說過的附中別名。高二那年，我從班上最矮爆長到男生平均值，爸說我們家的男人本來就長得慢，但我覺得多少跟體育課的操練有關。

除了跑步跑太多，我其實滿喜歡上體育課。我喜歡學新東西、撞牆容易放棄，老師一項運動教個幾堂課就準備考試，頻率很適合我。但跑步每次都要跑，了無新意，又熱又累，我和很多男生一樣，熱身都用最快速度衝完，才能早點碰球。

反正老師只是想消耗臭高中生的體力，老是用這麼無聊的方式敷衍，別以為我們不知道。

我一直都不喜歡跑步。三千不是跑不動，是跑得很煩。

大部分運動都有成就感，學會新招、贏過其他人，但跑三千沒有成就感。不教配速、不調姿勢，就只是要求所有人跑完相同距離，根本就是處罰。

如果把跑過的距離拉成一條直線，可以去多遠的地方呢？但我卻只能在這裡原地打轉。

但我不得不跑。我可是高中生，不管今天老師要我跑幾圈，我都會死撐著跑完。

跑道上打轉的高中生活一天天過下去。毫無戲劇張力的某個時刻，我突然發現，我已經不會因為流汗吹風而暈倒了。被宣判天生體弱時有多絕望，油然而生的這份自信就有多不可動搖。

高中畢業，沒人再逼著我跑。但每到寒暑假，我從臺北回家，幾乎每天都去附近的國小跑步，感受身體開始運作。

腳步、呼吸、節奏、力量的傳送，就算沒人真正教過，身體還是在一圈又一圈的慢跑中讓我意識到這些感覺。我在沒人管的大學生活盡情摧殘身體，又在長假裡回到操場，在跑步時重新感受到身體裡的不協調，讓部件之間的活動重新趨於穩定。力量從地面流入腳尖，在身體的部件間傳動，我試著調整關節的活動幅度和重心，讓力量更從容地流入、再放出。

搖滾樂在耳機裡一首接一首地播，讓我忘記自己在原地打轉。

在我的成長過程中，第一個自覺不是輕巧地應付過去，而是因為數年堅持努力才得到的，就是不會輕易暈倒的身體。

我還是不喜歡跑步。反正我不需要喜歡它。

3. 排球

大學時期，我打過幾年排球。

高中三年操練下來，我對自己的體能充滿信心，決定找一種運動認真來練。以前多少碰過的籃球羽球乒乓球都帶有慘綠的記憶，我最後決定去系排，去學一項我不曾和人競爭過的運動。

排球的目標是不讓球落地，卻不能持球，使用身體的方式和直覺相反，上手門檻比其他運動高。但我已經在地獄難度的附中體育課練好基礎，低手對牆墊球很快就有模有樣，成就感油然噴湧。

中文系男人少，排球冷門，系排基本上就是女排。我們這屆意外來了不少男的，學姐們起鬨要成立男排，但會打的學長不常出席，菜鳥湊滿六人下場也只能勉強接個發球，打不出後續攻擊，更不用說組織走位之類觀念。

沒人想跟打不起來的對手打球。我們沒有男排的知識，也無法累積經驗，系隊活動只能繼續練習基本動作。

回想起來，比起少少的比賽經驗，排球更讓我沉浸其中的，竟然是那些自己對著牆壁練習的基本動作。墊回去的球一顆一顆落在我的影子上，逐漸穩定在頭部的高度。視覺隨著呼吸剪接，我看見自己的輪廓長出球皮花紋。

先是熟悉低手墊球，再來是托球，上手發球，助跑、跳躍、攻擊。我買了排球鞋、握力器和啞鈴，寢室裡，我脖子以上讀書看電影，肩膀以下加減練一下肌肉，室友不在就躺到床上輕輕托球，砰砰砰砰，試著讓十根指頭同時接觸球面。

我沒想過我會這麼熱衷一項運動。

回想起來，那時的我只是想用盡情的身體發出吶喊。動起來、動起來！居然這麼快樂！

這樣也不錯。我不喜歡打比賽，討厭責任和壓力，也不喜歡要費力撐場面的體育館氛圍，只想痛快地活動身體。

不用比賽、不用隊友，甚至連網子都不那麼需要。對我來說，只是對著牆打的排球，就已經很足夠了。

大一暑假，我帶了一顆排球回家，沒颱風的日子就每天到對面國小運動。先跑兩千公尺熱身，再到中央廚房旁邊的空地，低手一千、高手兩千，對牆扣球兩百、發球一百、跳躍攻擊一百。在臺北待過一年，那兩個月的鳳山特別金黃。

開學後，我的發球球威成功嚇到其他人。但過沒多久，我的肩膀就受傷了。

使用過度，緩和不足，我太享受自由使用身體的感覺，又沒有運動安全知識，一下子把右手操壞了。

去國術館給人看肩膀時，老醫師在手上摸了摸，劈頭說的居然是我用腦過度，還說我這就是典型的書生體。

那大概是我人生的體能巔峰了，卻還是被說了類似的話。我以為我已經往前走了很長一段距離，卻還是留在原地。

在那之後，我的肩傷時好時壞，球感始終累積不起來。我還是喜歡熱衷排球的自己，也喜歡帶新加入的學弟妹慢慢練上來，但隊上成員增加，慢慢有了各式各樣的目標。我越來越覺得自己打得不夠好，至少沒有好到能讓自己繼續開心打球。

畢業後我基本上沒機會碰球了，排球變成一個沒有真正開始就結束的嘗試，沒能替我體質貧弱的情結留下生長自信的根基。無論這件事如何開始和結束，在二十出頭有好好保持運動習慣為我留下一個很大的幫助：傳說中二十後半開始的體能衰退，我超級明顯的意識到了。

4. 體育

不打球之後，我自認還是有做好日常的運動。我每天騎腳踏車通勤，有機會就多走幾個站牌的路，上下捷運通常都走樓梯。健身環剛出時，我拿室友的遊戲三天兩天地玩，雖然沒練出什麼肌肉，大量的低強度動作和語音指示也讓我意識到軀幹上有幾個日常少用的部分開始能夠發力。

就算平常能說服自己，真到驗證時還是得面對現實。《排球少年》完結那時，我熱血買了一顆新的排球，到已經不太常去跑步的國小試著墊球。恐怖的是，我的球感沒有跑掉太多，大腿卻蹲個幾下就開始沒力，對空墊了十顆就撐著腰在喘。

可以一次墊幾千顆是幾年前的事？算算差不多十年剛好，我的大腿耐力只剩百分之一。

體力下滑在三級警戒後來到無法忽視的程度。每隔幾天出門去全聯採買，我兩手各提一個裝得滿滿的大塑膠袋，小跑著過馬路時竟然整個人左搖右晃，身體幾乎撐不住兩邊的重量。

年紀相近的朋友一個個因為健康狀況開始運動。我那陣子聽了好幾個剛開始慢跑就受傷的故事，去了復健才發現自己一直在用錯誤姿勢走路站坐。

被中醫師說是小學生的不久之後，我憑著一股意氣開始這篇散文，寫寫改改，覺得自己想說這個卻不知道說這幹嘛，一下子過去就是兩年。幾個月前，我終於接受自己沒有足夠的知識維護這個身體，去了一直抗拒的健身房上教練課，沒多久體重就直直上升，搭配中醫說好的調整體格，體態還真的很快就有些改變，過年給阿嬤看到的反應不是一如既往的「哪會仝款遮瘦」，居然是「有加較有肉喔」。

我把這件事告訴中醫師和教練，他們笑得比我還開心。

事已至此，我到底要在這個體育情結達到哪項成就，才可以結束這篇散文呢？我把荒廢許久的健身環破完了、腰圍不再理所當然塞得進S號褲頭、通過了阿嬤認證，承認自己想寫這個主題的契機就是糾結不清的自卑和自信，卻還是覺得這些都不能說服我放棄苦苦死纏著去思考這件事情。

真的必須交出這份書稿的前幾天，我才終於想通：只要我未來將無可避免地繼續變老，這件事就不會有結束的一天。往後的日子，我永遠都得為了保養這副身體去學習和勞累，更新知識和任務，繼續上我的體育課。

倉促到沒能把想通的事情陳述得更有結構設計一點，這種行事實在不算是有大人範；至少至少，那個我一直沒有成功生長起來的囡仔體，我可以相信它總算有個開始了吧。

可是亂馬就可以

我確實記得第一次對幻想產生的狂熱，清楚到自己都感到意外。

幼稚園某天，我在午睡前看了兒童讀本。小朋友們下身穿著各種動物的戲服，要我用連連看幫他們找到正確的上半身。我沒有玩那個連連看，專注看著下半身套上戲服，變成兩腳四腳、各種動物的每一個人類，想把這些圖畫烙在腦海裡。

那天的午睡時間，我緊閉雙眼，發誓從此以後會當個乖孩子，全力向神明祈求：希望我一覺醒來，也可以變成下半身是動物的樣子。這孩子真的認為這件事有可能發生，就因為他衷心希望，實在令人畏懼。

午睡醒來，我的下半身沒有變成人類以外的動物，但八成覺醒了對變身的熱愛。

《哆啦A夢》用各種道具變身成動物或其他人、《寶可夢特別篇》的正輝不小心和小拉達合體，《西遊記》的孫悟空和二郎神進行一連串的變身相剋戰鬥，這些片段都被我反覆閱讀，幻想如果我也身在其中，會選擇什麼樣的變身。

那甚至不是網路普及的時代。漫畫和書可以重翻，電視上的畫面只能牢牢刻在心裡複習。德克斯特和蒂蒂被發明變成各種動物、尤教授讓小女警和小鎮村的居民反派交換身體、被選召的孩子們被小丑皇接連變成了鑰匙圈，每一段讓我內心產生某種悸動的情節，都在我的腦海中無數次重新演出，甚至接續、改寫。

然後，有一部分的幻象走進現實，擺在書房角落。

那是一塊《亂馬1／2》的畫板，應該是在我國小高年級左右。

原本是男生的亂馬，淋到冷水就會變成女生。畫板上的圖樣，是動畫各個集數裡，穿著道服、韻律服、泳裝、花式溜冰服……各種裝扮的女亂馬。

我其實都記不清楚那塊畫板的來歷了。這真的很奇怪，因為我當時連文具行門口貼的美少女戰士海報都不敢看，卻有這麼一塊印滿裸露度更高的女角色的畫板。

出門寫生時，畫板上的圖案肯定是全被圖畫紙蓋著。一個人在書房時，我卻偶爾把畫板拉出來，認真觀察每一個女亂馬身上的所有細節。

無論這塊畫板到底是怎麼來的、就算有實用性作為掩護；我私下的反應完全證明，這塊畫板就是我人生中第一個得到的，所謂的色色的收藏。

亂馬的變身不是單一事件，而是被詛咒持續影響的體質：冷水變女、熱水變男，泳池是女、溫泉是男。動畫的女體裸露尺度很大，女亂馬時不時全裸半裸、露胸露乳，我看得眼珠掉出眼眶。更讓我腦袋爆炸的是裸露的原因。亂馬堅持自己是男人，一如往常裸個上身，沒什麼好害羞。

是對可愛的女生有了反應，還是男孩子氣的女生？或是怎麼看都是女生、卻堅持自己是男生的女生？或是男生變成的女生？這些對象看起來沒什麼不一樣，但好像真的不太一樣。

變身角色經常尋找恢復原狀的方法。亂馬尋找能保持男身不變的泉水，卻總是利用女生的身體和身分，穿上各種女性服裝，去戰鬥、潛入、色誘，甚至只是拐店家多給可愛的自己一顆包子。我對女亂馬印象最深刻的一段，沒有任何裸露或換裝，是她特地變成女生去店裡吃喜歡的甜食，說：要是男生外貌來吃，會覺得不好意思。

太奸詐了。我一度陷入憤恨。

明明常說男子漢無法忍受忽男忽女的體質，還這麼享受當女生的好處。明明大家都只能有一個性別，為什麼亂馬可以有兩個？

亂馬開始占據我的幻想。睡前闔眼，我像複習功課一樣回想亂馬第一次變成女生、扯開衣襟看著胸部的畫面，和亂馬被逼著換上女性衣服、還不忘炫耀自己身材曲線的畫面。幻想逐漸變成妄想，在將睡未睡的恍惚中，亂馬常被綁在實驗臺上動彈不得，冷水淋過他身體各個部位，先是胸、再是左手或右腳、或是聲帶、或是臉，或是雙腿之間。

我開始覺得自己有點不對勁了。

我剛剛萌生的欲望，第一時間就往非現實的方向爆長。班上男生開始討論小澤瑪莉亞和草莓牛奶，我知道自己得記得這些名字，但從來沒認真找來看過。我先在盜版漫畫網站搜尋「變身」，快速翻閱有相關標題的每一部漫畫，確認它有沒有我想要的內容，接著再搜尋「變」，在廣大到好笑的地毯上搜索欲望的火種。我還真找到了一些影響我至今的作品，あろひろし《變身男孩》、陽氣婢《變性男孩》、桂遊生丸《女生愛女生》……

我開始找到一些網站，裡頭正好彙整著我感興趣的作品，有些中文、也有些是英日文。我把看得懂看不懂的文字圖片全拿去搜尋，努力找出散落在漫漫網海的每一部作品，為了看懂同人去補足原作。

我逐漸掌握到核心的關鍵字：女体化、性轉換、gender switch 或 gender bender（有人說英文說法太多，在那些網站直接打 gender 就可以涵蓋）……。作品雖少，但不知為何總有一些些人，在要花上不少力氣才能發現、彷彿刻意躲藏起來的網路角落交流資訊，讓我深感溫馨。

而這，同時，也讓我意識到：等一下，我該不會在做一些超級見不得人的變態行為吧？

那時網路跑得慢，盜版網站一張圖要跑一輩子才出來。我把派得上用場的圖全都存進資料夾，資料夾越來越大，我感到安心充實，把它層層藏進越來越深的位置，沒有讓任何人知道。

我的青春期就這樣在黑暗之中的樹洞裡度過，洞裡長著一朵一朵並不礙事的困惑。

然後我進了大學。

大學是個有趣的地方，有隨口罵人賤人的男生、比腕力贏我的學姐、出男角的女coser，還有性別這個新東西。我讀了一本關於女同志的書，有位我們都喜歡的男作家，他的讀後感是彷彿自己的靈魂也是一個女同志之類。

樹洞外頭，我看見一根彷彿可以攀附的藤蔓垂下。

這是我第一次意識到，世界上或許有條路徑，可以讓我逃離黑暗。

我對男人變成的女人產生特別的欲望，這八成不是什麼正常異男身上會發生的事，在討論區回「嘔嘔嘔」、「甲鬼甲怪」的人就是證明。那麼，我是什麼？

我想成為女人嗎？我確實會把自己代入各種場景，我想要體驗，但我完全不想對自己的身體做任何不可逆的改變。虛構作品的性轉換沒有那些侷限和副作用，完美變化和可逆轉性是重要前提。我想要的是扮裝嗎？我確實感到興趣，也真的在系上活動或同志遊行穿過，但我穿得又不好看，也不真的想在這方面花費心思。我是愛著女人的女人嗎？我愛的是男人的靈魂嗎？我在性別運動的浪潮中散漫獲取片段知識，不斷對自己拋出粗率的問題。

我是男人、還是女人？我喜歡男人還是女人、同性還是異性？樹洞外垂下更多藤蔓，我有時拉拉這條，下一秒又扯下另一條，三心二意、不知所向。

當逃離的可能性出現，黑暗就顯得更加危險，彷彿深邃無底。我找不出能給我確切支持的那條藤蔓，更加往樹洞深處龜縮。

宅友買了本《成人漫畫表現史》，幾個人輪流看完，有點生疏地討論接受範圍。我話說得結結巴巴，嚴防任何讓話題靠近樹洞的機會。

我很害怕。我根本不知道自己為什麼會這樣，卻放任自己這麼做，而不是試著釐清真相、解決問題。

而我也還是和其他異男一樣，交女朋友，有著普通的性生活。二十歲後半的某天，我意識到我和她很可能長期發展下去，下定決心面對這件事。

我關上房門，對棠打了五分鐘的預防針、花三分鐘吸氣吐氣，全身微微顫抖，用破碎的話語，艱難地告訴她：我其實、喜歡、有欲望、對這個。

她的反應差不多就是，嗯、啊，所以咧？

幾年前我試著告訴她我性別認同可能是女生時她才沒這麼冷靜！不對、不是冷靜，是根本覺得怎樣都好！確定她真的充分理解我想表達什麼後，我不爽了一整個下午。

但有一部分的我真正的放鬆了。快要被可疑藤蔓掩蓋的樹洞洞口，多了個透氣的小孔。

事實上，和她交往得越久，我被恐懼籠罩的頻率就越低。不在樹洞的時間裡，我普通地像個異男，犯些異男常犯的錯、學習如何做得更好，普通地感覺到自己有所成長，然後再說錯另一句異男會說的話。

回想起來，我也不是只對性轉類的作品有欲望。爸放在書架最上層的鍾楚紅和天心，我偷偷拿下來的次數也沒少過。偶爾大人不在家，我也是先轉到購物頻道，看現在有沒有在賣內衣。

《亂馬 1／2》通常拿性別刻板印象玩梗，但我也看到男亂馬有理由示弱、女亂馬依然強大帥氣。瘋狂尋找類似作品的時期，我讀到各種型態的性別氣質和戀愛，其中也有現實的真人真事。契機一點都不偉大，但它們確實讓我提早看見多元性別時代的一些日常。

無法想像的是，性轉這個題材竟開始在主流作品出現。《航海王》出現荷爾蒙果實的使用者，我在心裡高舉雙手歡呼，《銀魂》進入主要角色集體性轉的章節，我跪地感謝作者賜予如此豐厚的食糧。矢吹健太朗在短篇後正式連載《妖幻三重奏》，我的大腦直接原地爆炸。

當時代進展（或我們開玩笑說的墮落）到一季動畫有三部性轉主題的改編作品時，我是傻眼遠遠大於開心。這世界怎麼了？這東西現在是可以光明正大給人看了嗎？

留「嘔嘔嘔」之類的人沒有徹底消失，但類似「我看到性轉就進來了」的感想增加了。

我試著寫下這篇散文，的第一個版本。

那篇文字還是爬滿藤蔓。本體是我樹洞的真正面容，搭配大量的自我剖析和澄清。

讀過那篇散文的朋友都給了堪稱溫暖的意見，帶著不好但也不該說壞的尷尬。

只有我，激烈地對他們的缺乏敏感度表示憤怒。性轉這種題材，肯定會引起爭議，應該用更批判的角度去審視。這種內容難道不會讓人受傷嗎？對女性、對跨性、對各種為性別流動倒錯所苦的人們。說到底，一篇展示性癖的散文，本身就夠惹惱人了吧？

我的想法得不到認同。我不滿地離開討論現場，回到住處。

熟悉的房間，熟悉的獨處。沉澱幾分鐘後，我的腦中閃過一個聲音。

我這是在歧視我自己嗎？

無視現實中的正面感想，帶著偏見編織各種可能性去一味否定，這不就是紮紮實實的歧視嗎？

樹洞內外，我是分裂的。

我掀起洞口的藤蔓簾幕。

外頭不是危險的黑暗，也並非一片光明，只是一如既往的，我的日常。沒有樹洞，也沒有藤蔓。

說不定，整件事根本沒有那麼嚴重，就只是一個性癖歪掉的小鬼被性別意識啟蒙的浪潮打進水裡，一時分不清上下左右、的那二十幾年罷了。也許未來，我會看到有人對這些事提出詳盡的研究，但在那之前，我就是一個被亂馬開啟性癖、喜歡性轉的異男，這也沒什麼不行吧？

不過是個再平凡不過的異男，為什麼我也能搞成得來不易？

我不知道是什麼把我一度逼到那個程度，不從自己身上找出毛病就不得安寧。也許是我以為，要在新的世界當個友善異男，需要的只是支持我以外的其他族群，忘了我也是很複雜的。不成為異男以外的，我就不願意支持自己；不把不像異男的部分從身上切出去，我就不知道怎麼擁抱它。

日常裡還是有些沒必要昭告天下的，但我已經不需要令人窒息的樹洞了。時隔一年，我重新理順思緒，寫下這個新的版本。

今天也是很普通的一天。

去打倒壞人吧

在我記憶所能還原的程度內，來說一下吧，我做為霸凌加害者，和霸凌受害者的過去。

在那之前，我要先說被狗追的應對方式。

還沒比狗高多少的時候，我的行動範圍常有成群行動的野狗。有次媽騎車載我，附近住戶養的一條囂張的狗邊吠邊追上來，媽馬上抬起腳往牠身上踹，罵了一些話，不髒，就是嗆。媽說，對付狗就是要這樣，你兇，牠才知道不能追你。

有次我和弟出門買午餐，回程遇到整群野狗朝我們跑來。我們往陌生的小巷逃，狗群對我們狂吠，沒吠的忙著咬我們的小腿。我把裝滿沙茶湯底的鍋燒麵提得高高的，蹦蹦跳跳閃躲攻擊。最後狗群離開，麵還在、弟也還在，我還在害怕，覺得自己窩囊透頂。

後來我變成敢兇狗的人。騎腳踏車經過工業區，一群野狗從轉角追出來，我不用思考就對領頭那隻一腳踢過去，痛罵幹恁娘吠啥洨，狗群立刻原地打住，放我揚長而去。

工業區在我高中通勤路上。同樣情境重複幾次，再也沒有狗來追我。

後來路上沒有野狗了，牠們大多活在網路上，叫做浪浪。我不再需要踢狗自衛，也變成覺得這樣做不太好的人。

有時候我會突然想起這些事，對過去的我沉重搖頭。過去的我問他做錯了什麼？我卻有股衝動，想安慰他說你沒有錯。

童年有時候比我想的更殘酷一點。

1

國小，某次十幾個人一起玩鬼抓人。我從遊戲區鑽到兩個溫室之間的小路，發現這裡有個積水的方形坑洞，像是該有水溝蓋的地方卻沒有。旁邊有片攤平的紙箱，我順手拿來蓋在坑洞上，沾沾自喜地跑開，想著待會不知道誰會踩到這個陷阱。

鬼抓人是可以無限進行下去的遊戲，通常要等某個跑特別慢的人當鬼，看他怎麼抓都抓不到，終於開始生氣了，大家才一起同意遊戲結束。但今天遊戲結束的方式，是大家聚集到溫室旁，把平常跑最慢那個人扶到遊戲區坐下，一起看他腳上的傷。

那裡有個被蓋起來的洞，他剛剛一腳踩進去，小腿橫切出一道挺深的傷口，血汩汩地流。

我沒想到會有這個結果。畢竟電視上的人踩到陷阱，都只是身上多了些灰塵，沒看過有人真的受傷流血。

我沒有向他道歉，沒有承認陷阱是我做的，甚至連安慰都沒有，而是說了些受傷就受傷幹麼哭成這樣之類風涼話。我知道他是大家眼中最弱的那個，我害怕被說自己欺負他。

幸好這件事沒演變成成嚴重的意外。我僥倖逃過一劫，覺得被最弱的嚇成這樣實在吃虧，一直藏著沒說實話。一起玩的朋友每個都愛跑快爭先、爬高跳下，動不動就流血破皮，我的身上也總是新傷疊舊傷，痛是會痛，但沒有痛到玩不動。

當時右腳小腿有個傷口一直留著，有次都快好了，提著拉桿書包上階梯時不小心又削下去，痛得一下子站不起來。後來傷口的的痂掉了，留下一段粉色的肉。我那時第一次想，這個傷可能永遠不會好了。

但它後來還是好了，一點痕跡都看不出來。畢竟只是皮肉傷，小孩子恢復力就是好。

現在我右手手腕有個顏色稍淺的受傷痕跡，是幾年前拔草時不小心被割到的，當時甚至也不覺得痛，但就是一直沒有恢復。我開始想起小時候受傷的記憶，或許就是因為這樣。

2

我做為霸凌加害者的故事關於兩個人，一個是高賽，一個是垃圾人。這其實是兩個在不同時間發生、登場人物除我之外沒有重疊，理應完全無關的故事，但我將它們壓在記憶底層太久，已經互相沾黏、無法徹底分開。

我們先說垃圾人。對班上男生來說，垃圾人是在寶藏洞窟徘徊的大壞人，一到下課時間，我們就要聚集起來，從他手中守護寶貝的祕密基地。

我們先是成功突破了學校後方的神祕空間，才在那裡發現了垃圾人。在操場後面，緊接著隔壁棒球場的角落，有個地方被上鎖的鐵門關起，還用比學校圍牆還高、可能有兩層樓高的鐵絲網包圍起來。從外面看進去，除了比鐵絲網更高的水塔之外，我們什麼都看不到。

不知道是誰起了頭，我們在某天決定挑戰這面牆，一個接一個爬上鐵絲網，翻到另一頭，看看裡面到底是什麼地方，我也是其中之一。

牆的裡面是科幻電影一樣的空間。從水泥地上伸出、附有水閥的巨大水管，還有印著閃電符號、上頭有著一整排燈泡的巨大箱子，這裡的所有東西彷彿可以控制一整艘太空船。我隱約意識到這裡是管理學校水電的地方，但冒險得到回報的浪漫感淹沒了其他情緒。從今以後，這裡就是我們的祕密基地了。我和其他人一起試著轉動轉盤、敲打機器，發現會噴出水的地方就用手控制去噴其他人，玩得比任何時候都開心。

然後有人喊著讓大家過去。

在和球場相鄰的一個角落，有個以球場座位區做為天花板的三角形空間，被布簾蓋住了入口。一個勇敢的傢伙走進去，發現裡頭的地上鋪著紙箱和軟墊，還有好幾個手提箱，打開一看，斧頭、菜刀、錐子、園藝剪，裡頭滿滿的全部都是利器，至少有上百把。

這是隱藏的寶物！是武器庫！太過戲劇性的發現讓我們興奮到跟瘋了一樣，爭先恐後地搶下自己覺得最帥的武器，對一旁的樹用力砍砸。隱藏房間裡甚至有臺腳踏車，有人說家裡正好想要一臺，當天就把它丟到牆外，準備放學後牽走。

不管回想幾次，都覺得我們未免太不怕死。

祕密基地有一面牆是朝校外的，那一面沒有鐵絲網，不管小孩大人，出入都只需隨手一蹬。我們找到的隱藏房間，應該是某個無家者遮風避雨的住處。至於那些被我們當作寶物的利器，無論一個蒐集大量傷人工具的無家者有什麼動機，肯定都不是什麼友善的事情。

得到祕密基地的第一天，我們沒有遇見住在那裡的人，把各自看中的武器藏在基地旁的榕樹上，凱旋回到教室。

過了幾天，我聽午休跑去祕密基地的人驚慌地說，垃圾人出現了！有個很髒的阿伯在基地裡，揮著菜刀要趕走所有人，有人逃跑時跌在泥水裡，整件衣服都臭掉了，正在廁所想辦法洗掉。

居然有這種事。或許是興奮感還沒消退，比起害怕，我感到更多的竟然是憤慨。那是我們發現的基地，怎麼可以有人來搗亂，還害我們的朋友出糗！

這天起，垃圾人和男生的戰爭正式開始。

說是戰爭，其實就是我們對他的永無止境的騷擾。我們一樣在下課時闖進祕密基地，要是垃圾人出現，我們就跑給他追。我看過他衝我們揮舞利器的樣子，卻從來沒感覺過害怕。許多年後我短暫幫忙無家者工作，有個女前輩說到，很多人問她不怕那些大男人動手動腳嗎？她說有什麼好怕，他們長期沒有好好吃飯休息，碰一下就倒了。

或許孩子們靠直覺發現了這件事。

畢竟是下課時間的遊戲，衝突通常不會太長。持續最久的一次，記憶中是某次體育課，我們不知為何脫離了老師的管控，全班男生在操場邊與垃圾人遠遠對峙，不停撿起石頭，往垃圾人的方向丟。垃圾人非常生氣，不斷吼叫、揮動武器，卻一直沒有靠近，在橘黃的天色中逐漸化為一個扁平的剪影，而我們依然朝他畫出一道又一道的拋物線。

後來垃圾人就不見了。做為勝利者，我們理所當然地收下祕密基地的使用權，向慕名而來的低年級學生展示武器，幾乎像是征服了整個世界。

其實那些武器又髒又鈍，根本不是什麼值得炫耀的寶貝。我有次拿砍樹時刃口滑掉，斧頭砸在左手臂上，連個傷口都沒有。

沒有垃圾人後，我們的新挑戰是爬到水塔頂端。在孩子的記憶中，水塔真的很高，感覺上至少有五層樓，我上去過一兩次就不敢再爬，這件事因此長久成為勇氣的證明。

有一個中午，大家早早吃完飯，帶著營養午餐的西瓜在祕密基地吃。一個特別愛起鬨的爬上水塔，從上頭撒尿下來，尿珠閃閃發光，所有人都像少年漫畫的跨頁般縱情大笑。

殘酷的是，在我的心中，這段回憶至今依然閃耀。

3

接著，我想說到高賽。

我其實不確定高賽在我小學生活的哪個位置。根據我對他的熟悉度，應該要是班上同學，但對他做過的事，卻都是和課後輔導班的兩個朋友一起。我深刻記得的，只有我們和他的互動。

在我們的世界裡，高賽永遠屬於壞人那一邊。或許是他身上一直有點髒、體味確實有點糟糕，所以我們才把他的綽號取叫高賽。

我想高賽沒做過什麼真正讓人受傷的事，但他一直很不友善，講話難聽、動作粗魯，不夠聰明也不夠好笑。我們跟誰都能都玩得來，只有高賽說沒幾句就開始吵架，要說好人壞人，他當然是壞人那一邊。我們總是喜歡鬧他，在玩遊戲時挑戰誰最能激怒他，一起把他的書包從二樓丟到地上，比賽誰能把口水更準的吐在上面。我想不起更多和他的互動，只隱約記得他惱羞不已又無能為力，在我們面前發脾氣的樣子。

高賽總是怯懦地，充滿攻擊性、卻又不著詞意地，嗆我們最好記住，他遲早要告。告什麼呢？我們只是覺得好好笑。

取綽號、丟東西、吐口水，對他做的這些事，我們早就對彼此、對更多人都做過了，大家下課後還不是一起踢球，一起去鬧剛好成為下一個倒楣鬼的人。沒人被鬧會開心，但大家鬧完不都沒事了嗎？高賽就是不知道在認真什麼，所以才會一直被弄。

想不起更多關於高賽的回憶，或許是因為我們並沒有相處太久。

某天，老師說，高賽轉學了。

為什麼高賽要轉學？我不記得有聽過原因。

這段記憶沒有閃耀存在，只是學生時代的瑣碎日常，屬於那些帶給我短暫快樂的當下遊戲。

許多年後，當我第一次理解霸凌這個詞，讀過一些描述霸凌的作品後，又過了很長的時間。對高賽做過的事從記憶深處逐漸浮現。用大人的我的眼光去回顧，當時的種種場面，結合轉學這個結果，任何人說這是霸凌，我都無法為自己辯駁。

以上這些，是關於我成為霸凌加害者的部分。

4

再來要說到我的高中時期。

學生時代，我都是班上吃得開、玩得起，有些藏得起來的過失，但不至於真正闖禍的那種學生，和前面描述的那個小學生差不多，直到高一即將結束以前。我搞砸了某些事，惹到班上帶頭的男生，被其他人集體排擠。

具體被做了什麼呢？其實也沒什麼吧。我只是失去了一直以來理所當然擁有的，和同伴們參與各種事的權利，也沒人想再和我做些什麼。當我天真地想著創新社團的可能性，馬上會有聽到說我以為自己是誰之類閒話。我一直在部落格把同學當角色寫的超能力戰鬥小說，有另一個耿直的同學留言，訓斥我沒資格繼續這麼做。

我做了什麼呢？我猜，是前陣子選班聯會會長那時，帶頭的那個人是我們班的代表，我和其他人跟著他跑遍高年級的教室演講。在某間教室，他被問到一時答不出來，我在一旁小聲說，先隨便說說、應付他就好。

回想起來，這真是雞毛蒜皮的小事。為什麼我會認為是這件事？當下的我發現哪裡有不對了嗎？

某天下課，我拉住帶頭排擠我的人，用最最真摯、或許還有點賴皮的態度問他，想知道我到底做錯了什麼，我願意道歉。

他說：你自己知道。

我失去一直以來的從容，掉到班上的底層，覺得一舉一動都被針對。

高二分班，我很快就從原本的教室離開，但附中只有八個班。即使我選了一類組，曾經針對我的男生幾乎都不在了，還是時時感到威脅。

我還是交到一些朋友，在多數人的目光焦點外有些喘息的空間。我不再屬於出風頭的一群，但也不是不受歡迎那群，在其他人眼中的怪人和游離份子那一群裡過著還算舒服的日子。

當時和我最要好的那個，就叫他濱崎吧。濱崎毋庸置疑屬於怪人這一邊，脾氣詭異、特立獨行，只和幾個人有辦法溝通，聽我沒聽過的日本歌手，而且寫詩。

高二那年，我剛對寫作有了懵懵懂懂的期待，濱崎大概是比我更早起步，知道自己想要什麼的那種人。原本的我只是顧著享受身在主流團體的餘裕，一被踢出來就無所適從，但濱崎毫不掩飾自己與其他人的扞格，沉浸在他熟悉的次文化裡。

某天下午，我們出了高師大校門就一直邊走邊聊、邊走邊聊，一路走到了高鐵站。我想必只是讓濱崎帶著，走他知道該怎麼走的路。經過果貿新村，濱崎指著一格一格鳥籠般的陽臺，說：我的夢想就是以後住在那樣的地方。

我應聲，但心裡懷疑：蛤？怎麼可能？夢想欸？

我想我那時是很依賴濱崎的，卻始終沒有真正放下無謂的優越感，去和他變得更親近點。

再來、或許是高二結束之前，又或許是高三了？我不記得這件事發生在什麼時候，只記得是下午。不知道為什麼，我們在一間完全沒人的教室，發出多大的聲音都沒有人會注意到。

濱崎說，他之前和我當朋友都只是假裝的，目的只是為了騙我，看我難過的樣子。

我完全搞不懂發生了什麼。

實在太荒謬了，現實中怎麼可能有人做這種事？我記得，我非常激動，也非常卑微，如字面意義上的抱著他的腳，哭著要他不要離開我。

自此，每當情緒失控，我就打開部落格，在後臺狂飆一般地打字。

這就是讓我的個性變得完全不一樣的最後一件事。

5

有那麼一段時間，我真心恨我的高中生活，恨帶頭的那個人、恨濱崎無緣無故的背叛。我連該後悔什麼都不知道，也只能恨了。

在我的寫作中，這份恨意始終如影隨形，在榮譽的時刻勸我遠離，在挫敗時寬慰本應如此，在我真正想要放棄時提醒：我當然可以就此放下，但憑什麼？之所以持續磨煉武器，為的不就是總有一天擁有力量，將這些一刀兩斷？

許多人推動我繼續寫作，但在最遙遠的前方，我能看見的只有報復，用它刺痛內心的光芒感受身體。當我感覺自己稍微往前，報復就變得更小，像是永遠都不會抵達，甚至在下一次閃爍就會消失。如果連它都消失了，我怎麼知道自己還在繼續前進？

我無比珍惜我微小、幼稚，卻始終溫柔相伴的，黑暗初心。

在初心的陪伴下，我走了很長的一段遠路，和沿途遇見的善意幾經拉扯，終究還是失去了它。

那是二十歲後半的一個下午。我突然想到怎麼用小說處理我的高中時代，靈感像燒了整座玉米田的爆米花一樣瘋狂蹦出。我飆著腳踏車沿河堤走，希望亢奮狀態的大腦可以幫我整合所有想法，打造一部終將實現的重要作品。

耳邊的風聲和腦內風暴共鳴，整個身體都隨心臟劇烈鼓動。

景美溪兩岸的山景緩慢推移。

我突然想不起來，當初那個帶頭的人，他名字的第二個字是哪一個。

我感覺體內某處在哈哈大笑，笑得倒在地上流淚。

然後我也笑了。

多少年多少邂逅多少新的環境朋友恩怨都過去了，我根本就沒那麼在乎了嘛。

算了。不寫了。

腳踏車停在我在第一次騎到的地方，是個正好回頭的距離。

6

開始回想國小的事，是那次河堤騎車又過了很久以後。當我能免除情緒干擾，思考高中時代的事件背後有哪些可能時，像是為了提供材料與模型一樣，小學時的那些事隨之被牽引而出。兩個年紀的我看著彼此，拆解對方身處的場景，竟達到我過去從未想像的細緻，連霸凌之類標籤都顯得累贅。

比方說，濱崎對我說那些話時，不爽我的人已經完全放過我了嗎？濱崎他是真的那樣想、還是有人希望他這麼做？這麼單純的可能性，我居然從來沒有想過。

除了濱崎，那些讓我感到受傷的人，我還恨他們嗎？或許沒辦法了。我看著小學時的自己，在丟石頭、吐口水的時候，心裡想的都不是要傷害對方，而是想打倒壞人。或許在高中時，我在他們的世界裡，也做了壞人才會做的事，應該接受給壞人的懲罰。

我原諒他們了嗎？也沒有。我也不相信自己能被原諒。

我期待他們為這些事再做些什麼嗎？什麼都不需要。我花這麼多時間和屬於我的那份傷害與傷人共處，如果其他人也有，那就各自努力；如果沒有，那也是很好的，就再也與我無關。我真正為小學做過的事感到後悔，不是因為想起某些行為，而是想到我可能再也無法為那些事做任何彌補了。

世界並非在某一刻才從遊戲成為現實，世界一開始就是現實。有些人提早成為大人，有人至死都是孩子。

既然最好的就是什麼都別做了，卻還要將這些事一一寫下，那就是我矛盾且自私地，想為我不再擁有的黑暗的初心，找到一個安放之處。

追尋自我價值的寫作，多少也是渴望報復他人的寫作。若對表現溫柔有所執著，多少也由於看清自身行使的暴力。若是一直寫下去，還得為那麼多沒能在寫的人寫作，替他們指認事物。只有將正反兩面全部攤開，我才能說服自己，算是滿足了能夠寫作的最低標準。

願黑暗之心長眠，在模糊的光中低低共鳴。

小善行

爸跟我說：你朋友很不錯。

「我剛剛在陽臺看他停腳踏車，停完還特別把車放裡面一點，沒有讓車尾露出來。他有想到別人。」

爸在我小時候很少稱讚人。這句稱讚平靜地動搖了我的世界，尤其我覺得那個朋友跟我一樣，只是個整天挨罵的白癡小學生。

爸媽都很擅長這種觀察，從我沒發現的細節找出每個人的優點。洗盤子時會連背面一起、買零食記得別人那一份，他們稱讚這些行為時語氣斬釘截鐵，鄭重得讓我羨慕。

漸漸我養成熱衷小小善行的個性，下樓梯腳步不發出聲音、吃火鍋幫忙撈起浮沫、每次都把晾乾的摺疊傘整齊收好，沒有對任何人刻意提起。

只要這樣做，就能感覺有個我不認識的人，在我不知道的地方，說我是個不錯的人，可以彌補那些我始終沒能真心相信的正面稱讚。

繼續這樣做、累積我的不錯積分，或許有一天，我也能成為像我爸媽那樣的人，能夠真心稱讚他人身上容易被忽略的、為人著想而做的真正善行。

小聰明

東村明子在自傳作品《塗鴉日記》提到，她高中三年完全沒有認真唸書，大考前意識到補救已經來不及，在最後關頭選擇了旁門左道，學了一套推測出題者心理來作答的「探測術」去考試，結果還真的考出震驚所有人的高分。

我沒學過被東村明子描寫得幾乎像超能力的什麼探測術，但從我有記憶以來，我就在用類似的方式對付考卷。從人人皆知的「四選一時C的機率最高」，到刪去明顯的陷阱或送分項、找到為掩護正確答案設下的相似選項、推測出這題的用意只會是想考哪個點等等。

有時候媽在家裡看洋片臺，我跟著看幾分鐘，問片名是不是叫什麼什麼？媽說她只是隨便看不知道。到廣告時間揭曉答案，還真的是我說的那部。媽問你看過嗎？我說沒有。我只是把幾個線索湊湊起來猜的，跟我寫考卷一樣，跟東村明子到現在看電視上猜謎節目的命中率依然奇高一樣。

我很擅長考試，擅長考試讓我的學習成果在升學體制裡被狠狠放大，我是考試制度的超級受益者。

幸運的是我早早就看過了更加優秀的人。在升學學校代表參加語文競賽的資優班學生、在蒙特梭利學校辦的演說活動侃侃而談的小孩，我只需要簡短的對話就知道他們是另一種人。我從他們身上感覺到一種正面意義的無知，不知道世界上還有這麼多笨笨的方法。

我並不憧憬成為那麼優秀的人。我也知道並時常提醒自己：即使在我的賽場，我最能依靠的大概並不是真正的知識或智慧，只是我自得其樂的小聰明。

食屎好無

煮飯簡單，吃飯難。為了想要煮飯，我不得不學怎麼好好吃飯。

世間的人類分為兩種，一種吃到好吃的食物會感覺身心得到療癒，一種覺得人類不進食就會慢慢死掉是演化上的缺陷，這是我在網路社群時代陷入孤立才發現的事實。

家裡常煮，高中午餐是我自己決定要吃什麼的起點，而我的答案是吃了三年的高師大女餐，因為分量適合。大學北上開始三餐自理，媽千交待萬交待食毋當儉，我沒刻意省，就是常懶得吃。

買飯要花時間，吃也要花時間，吃完要拉也花時間，要是連附帶的散步或社交功能都沒有，我實在沒心情做這件事。我因此練出伸縮自如的胃袋，專挑長輩請客的場合大吃兩三倍食量，平常就少少地應付著吃。

我試過和講究美食的朋友產生共鳴，最後還是騙不了自己。食物好壞無法成為生活中的激情，就只是一個判斷。

明明是這麼不重吃的人，卻主動說想煮飯，我也想過為什麼呢。

某一次離職，我打了電話跟媽報備。媽有點擔心，但我說我最近有空了，可不可以挑一些妳的食譜給我？

媽做的菜很好吃。我原本是沒注意到的，畢竟媽幾乎天天煮，家裡不常外食，有吃就是大餐。現在想想，就算跟餐廳比，媽煮的菜也實在不差。

這麼晚才意識到媽煮的好吃，肯定不只因為我不重吃。每天到了吃飯時間，我和弟坐在客廳配電視，媽一道一道上，這菜、這肉、這卵、這魚仔，食完後壁灶跤閣有湯。家常沒有什麼大菜，我們心不在焉地吃，一邊在媽走來走去時說這按哪囥咧就好、彼干焦啥物共囥落爾，逐項煮起來攏有夠緊。

媽大剌剌問按呢敢好食？我們說袂穤，媽就會一臉得意，勝利握拳，說：清彩煮煮的嘛好食。

說得像是跟兄弟炫耀怎麼成功摸魚一樣。

飯前媽偶爾問我跟弟欲食啥？我們說攏好，媽囂張笑嗆：攏好喔？按呢食屎好無？

高中被班上女生嫌口氣粗魯，心想不對啊我一個文藝青年怎麼這樣講話，回家看到媽才發現，嘴上整天掛著屎尿屁的就是這個人。

但讓我從小在班上男生間吃得開的，會搞笑，會嗆人、自損和裝模作樣的說話方式，也是從媽身上學的。家族裡男少女多，我沒有哥哥年紀的親近對象，爸不常在家，最常說話的對象就是接我通勤、幫我煮飯，永遠話講個不停的媽。

在我小時候，媽就是我崇拜、模仿，但絕對不會說出口，反而整天想著怎麼贏她一次的壞大哥。

某次學校家長會，媽穿著套裝坐進我上課的教室。我在走廊巴著窗臺，期待媽怎麼用平常的囂俳魅力征服家長，還做了些手勢要她記得上啊。

媽有點靦腆地低著頭。整場家長會，媽都沒有開口。

我第一次發現，每天在機車後座仰望的背影，其實只有那麼小一個。

媽總是說，自己沒讀什麼書，家事以外的事問她，常想都不想就搖頭說毋知。爸喜歡教我和弟，功課不行，還有人生哲學和處世方式。媽替我們兄弟安排生活乃至升學大小事，管這管那，卻不記得她站高姿態教我們什麼技能或道理。

有次爸媽意見不同，我問媽該怎麼辦，媽對我說：我無姓熊呢。我不記得發生什麼，但一直忘不了她的回應。

媽擔心我現在沒工作了，但我說無遐嚴重啦。嚴不嚴重我也不知道，但我就是不想讓她擔心，也是真的想跟她學做菜。反正從小看她煮，看起來也沒多難，趁空閒時間養個新的興趣也不錯，而且她早就幫我們打好底子了。

媽說，男生可以不煮，但不要完全不會煮。國小學校出學習單，要我們煎一顆荷包蛋。我站在小凳子上，媽站在我身後，一個步驟一個步驟指示，讓我先把平底鍋燒熱，放油，等油熱，打蛋，等蛋的邊緣焦了，翻面，最後再等一下。

我覺得我一下子就學會了，那個暑假我煎了好多顆荷包蛋。從那之後，媽偶爾在晚餐前叫我幫忙，在她備料時簡單炒個菜、煎個豆腐，大約一兩個月一次，直到高中課業加重，我嫌懶寧願少吃一道甚至一餐，幫忙的人選才由我弟接棒。

指考那幾天，我從考場回休息區，看媽在唸要考丙級廚師的參考書。我習慣地笑她這麼笨考得上嗎？結果媽輕描淡寫地考上了，還嫌符合考試程序做的菜根本不會好吃。

替兒子操心的時間少了，媽還是閒不下來，生活過得跟大學生我差不多。每次回家，我都聽她說在社區大學上新的課，說正在研發各種「口味」的手工皂和精油，剛好給爸年節拿去送禮。後來媽把銷售員的正職也辭了，憑興趣做過各式各樣的兼職工作。當她說要去牛肉麵店當店員時，我實在無法不吐槽。不是啊，妳不是不吃牛嗎？媽說我曷無負責煮矣。

我在臺北尋找自我時，媽過得隨心所欲，充滿活力和創造力。我常在想，如果媽受過她給我一樣的栽培，八成會是個藝術家。

幾年過去，我從一個月回家一次變成一年回家三次。每次回去，媽穿著睡衣在客廳看電影臺，一看我進門就問：食矣未？會枵未？冰箱有物件欲食無？電鍋閣有呢？甘會蓋麻煩？我每次都這樣說。

媽總是「嘖」地回我一聲，皺著眉頭，擺出一張那有什麼困難的臉。等我放好行李，客廳已經上好一桌菜，是我熟悉的味道。每次感冒發燒，我嘴裡浮現的就是這些味道。

某次感冒，我躺在床上動彈不得，肚子餓了卻沒有食慾，腦中迷迷糊糊搜尋一輪，臉頰內側唾腺突然冒出一個酸味。是媽宣稱今天要偷懶時，常做的茄汁湯麵。

我出門買了鯖魚罐頭和一包細麵，拿了電鍋內鍋裝水，在房東的瓦斯爐把麵煮軟，倒進罐頭攪拌幾下就算完成。我等不及放涼，夾起麵吃了一大口。

不是記憶中的味道。腥味有點重、味道也很死。我再吃幾口。不怎麼好吃，應該說難吃。和期待中落差太大，害我笑了出來。

對了，在家幫媽準備晚餐的時候，菜都是洗好切好的。火要開多大、食材什麼時候下、調味怎麼放，全都是媽在一旁即時指揮，我只是照做而已。我一直覺得煮飯很簡單，但我自己根本不會做嘛。

海產粥、黃瓜封、清湯麵線，每次生病我都試著重現媽的料理，每次的結果都很好笑。

媽不習慣打字，寫了幾份食譜拍照傳給我，步驟非常詳細，一點都不清彩。我照著做了一鍋滷肉，拍照傳給她。

媽回：看起來很不錯，附了張貼圖，然後拍了家裡的晚餐給我。我回讚喔。

知道我會開伙後，媽每兩個月就寄一箱冷凍食材，電話裡詳細告訴我，醉雞退冰切切仔就會當食，豬肉愛閣炊一下，彼一片一片是鮭魚，兩面共煎煎仔就好……

煮飯不難，照做就好，做久了也慢慢知道，湯裡清甜是米酒滾過，魚肉焦香是油要下夠。但是吃飯依然困難，我想著省錢少買紅肉、少放油鹽吃得健康，結果體檢說我紅肉和油脂吃得太少，只好回家學做紅酒燉牛肉。

其實煮飯成為日常之後，煮跟吃就是同一件事了。會覺得煮飯簡單，是從小看媽上菜輕鬆，覺得吃飯難，也是難在少了替我講究的人。

想學煮飯，什麼年代了，網路上多得是食譜影片。特地拿這件事拜託媽，說到底，大概是想要撒嬌，順便捧一下媽。偷偷學妳那麼多，不拿煮飯煩妳，妳也不會覺得自己教得好。

回去的頻率沒有增加，但我跟媽至少有固定話題能聊了。

年節聚會的主要菜色通常由媽負責。前幾年過年，媽說不知在哪拿了一支紅酒沒人喝，要我今年負責一道紅酒燉牛肉。我說好，隔天白天在不熟悉的自家廚房翻找鍋鏟調味料，心裡有點悸動。

紅酒燉牛肉聽起來華麗，家常要做倒沒什麼難度。帶去的幾道菜在屏東上了餐桌，媽主動說這道是我做的，幾個親戚順口稱讚味道。我想偷看媽的表情，又莫名地不好意思。

如果媽有吃牛，那就太好了。

輯三

溫蒂

我說：愛你

我不太喜歡使用愛這個詞。隨便兩個人提到愛，就像隨便兩個人提到、提到粽子好了，就算腦中浮現的形狀相同，內容物也永遠不會一樣。

棠不喜歡我這樣的態度。她不喜歡我把粽子跟愛擺在一起，認為我只是不懂得察覺自己的情緒，才會不肯說我愛她。後來她先搞懂了，說我的星盤裡有好幾個水瓶，我的愛是天生要分享給整個世界的，沒辦法只給一個人。

棠當然是把概念給混淆了，她把我對海龜、對熱帶雨林和對她的感情歸為一類，但要是我說出這點，她肯定會生氣地說才不是這樣。

我知道，這就是講愛的好處，訴諸語言的愛總是有混為一談的性質，是為終將走向鑽牛角尖的理性專門設置的的煞車。交往第一年的紀念日，我沾沾自喜想到一個好點子，主動向棠提議，我們互相說出受不了對方的部分來增進感情。當然，這份週年禮物立刻被狠狠甩回我的臉上。

從這個失敗當中，我學到一件關於我的事，和一件關於棠的事：首先，我其實非常害怕失敗、也非常渴望被理解的感覺；再來，比起被理解，棠更想要被愛的感覺——誰知道那是什麼感覺？雖然我不知道，但至少她選擇了一個有餘地的詞，而不像我，認為她對關係的需求就該和自己一樣。

我從此成為了愛的信徒，如果發現哪個時刻說出愛能讓棠開心，我就毫不吝嗇地說出來，出門前說、睡覺前說，吃飯吃到一半她突然不說話了，眼神若有所思慢慢下沉，我就醞釀一下心情，說：跟妳說，我真的很愛妳喔。

我不確定我說了什麼，也不確定棠聽到了什麼，但這就是有效，而且效果不是單向的。腦袋放空說了一陣子愛，開始我說出來也覺得，欸、好像真的是這樣喔！

我說愛有混為一談的性質，但這並不是要說愛能混淆因果，讓人在沒有情感的驅動下說出的言語中接收到了情感；正好相反，愛本來就是先有身體的反應，才成為一種心理狀態。

一般我們說到愛，實際上就是將一連串行動混為一談的結果，其中特別重要的是這一串行動的起點與終點，愛上的瞬間，和愛的最終實現，永恆的愛、真實的愛、令人憧憬的愛，隨便想設個什麼目標都行。

在做為心理狀態之前，愛就是從身體的行為開始的，這點至關緊要。謳歌愛的優美句子經常將愛比喻為燃料，只要心中湧出了愛，人就能做出原本做不到的事；與此同時，又有許多名言告訴我們，愛的到來是不受控制的，因此愛比較像一種存在自然中的現象，人要學習坦然面對它帶來的毀滅與新生。

但愛不是雷擊、暴風雨或空氣中的粉紅色懸浮微粒，愛是由幾種情緒催生的身體狀態，興奮且沉穩、衝動並冷靜。情緒當然是身體的一部分，如果人有辦法訓練自己閉上眼睛演奏樂器，那當然也能感受並控制看不見的情緒。擅於愛人的人就像優秀的運動員，精於掌握自己的情緒，讓身心保持在良好狀態，以便在時機到來時快速反應——墜入愛河。

不是所有人都在這項訓練上付出努力。被愛的人經常被認為也擅於愛人，畢竟他身邊有個學習對象，但未必如此。我有個朋友，穩定交往期間專心研究，分手後拿起陳雪的《戀愛課》，說之前翻開覺得人心沒有這麼淺薄，現在卻被深深感動。

人心是立體的，就算從這一側深入核心，也未必知道如何突破另一側的表面。我們偶爾從凡俗的話語裡感受到真實、在日常中意識到必然，甚至因禁忌領悟到超越——當這份神聖體驗的契機來自另一個人，許多人便稱之為愛，被含混帶過的一連串行為以此為起點，終點同時隱然浮現。

我將棠希望我說愛她的要求視為一種撒嬌，而我從來不覺得自己是認同撒嬌能為親密關係增長助益的人。但實際說出口以後，我發現這是一個陷阱。回顧那場談判，棠模糊了自己的需求，提出一套我操作起來容易，容易到收益顯得過於龐大的合作模式，那她得到了什麼？

棠得到了她獨占的新的需求：我發現，我也滿喜歡撒嬌的。並不是我原本沒有這一面，只是我將她的行為看得輕薄，漸漸也回頭用這個輕薄的觀點看待自己，終於讓我以為是最最深沉的渴望也變得輕盈。偶爾覺得世界將自己拋進深淵的時候，試著嗲聲說話、扭扭屁股，棠的反應總能在深淵裡撐起一張彈簧床，讓下墜變成新的飛躍。

愛的目標總是進入關係，在他人身上找到自己不願面對的陰暗面——開始以為是尋求庇蔭，期間總覺得他就是扎在背上的箭，最後總是必須承認：我被你吸引的原因就是我討厭自己的原因，我就是這麼地厭惡自己，才需要透過你來和自己和解。有人說這是愛的真理，有人認為這是愛的幻術，而我要說，如果真有公認的愛存在，那肯定是在自愛和愛人的平衡點上。

剛搬到永和時，棠每晚都哭。每件東西都不合適，房間太小、床墊硬、櫃子太少，她必須把愛書收在床底下。問題大多無法解決，我每晚哄她，幾乎精神衰弱。有天我照常安慰她，問怎麼啦？棠抽泣說，這裡不是她的房間。我一時按捺不住，說這不就是搬家的定義嗎？

就算是在還沒聽到這麼無理的抱怨之前，我也知道棠只是缺乏安全感。我在臺北幾乎一年一搬，但她在臺大住了七年宿舍，就算住到幾乎產生恨意，終究也習慣了那就是她的地方。

臺北是如此地令人畏懼，它擁有一切的解決之道和一切關乎人的本質的問題，居住在這個城市就是在茫茫的尋找中與它一起扭曲。即使同居是棠期待已久的，最終我能提供的安全感甚至不如臺大宿舍，這點讓我歇斯底里地糾結於新居的改造問題，每天都想把這破房間從整棟建築裡拔出來一把捏爛。

這棟分租公寓的格局相當乖僻。三樓以上比我們看過的套房都更好一些，但通往那裡的樓梯與走道斷裂得更加破碎，每段樓梯都以尖銳的角度拼接，每個迴轉的平臺都有扇門，人類活動居住的氣息隨著上樓的腳步在空蕩蕩的過道間瀰漫開來，反而顯得非常可疑。在建物的外頭，我們還能稍微指認這座拼裝城寨是打通了哪裡哪裡，但接著我們思考動機與它可能違反的法令、它醞釀的威脅，就只好暫時沉默下去。

再怎麼說，三樓以上看起來都很不錯，該怎麼上去就別在意了。

裝網路的工人邊往上走邊嘖嘖嘖，你看這樓梯窄得，一層隔這麼多間，失火了誰逃得掉？我立刻動氣，揣摩該怎麼回他兩句，沒多久又忍不住好奇，朝他猛丟話頭想多釣出一點「慘況何以至此」的永和開發史。

我在生活各方面都缺乏保險的意識，甚至對不太合理的居處有點特別偏好，練習如何跟不同背景的房東吵架讓我上癮。但棠不是。棠認為世界無處不危險，她需要安全感。

建立新居的過程中，我們又再一次理解彼此的不同之處。

這是同居的風險。我們早已清楚。

棠堅持得買一張新床墊，甚至查到了泰山的工廠直營店。我們去了一個只有高架橋與廠房的郊區，交流道口的斑馬線毫無斑馬線的常識，我們知道這裡是屬於卡車而非行人的區域，但我們還是成功挑中一張品質超乎預期的雙人床墊。我把新居附贈的床墊搬到雜物間，把我和棠的的舊床墊搬到環保局指定的位置，再和另一位工人一起把新床墊搬上五樓，搬到雙手發軟。沿途每一次的迴旋、轉折，我都能清楚聽見挑釁的笑語。

奢侈的年輕人啊，你的意志如此軟弱。你有著什麼樣的關懷、渴望什麼樣的生活？

我是為了所愛的人。我咬著牙，如此想道。

重視居住與生活的品質不代表我虛偽，不代表我渴望逃避巨輪碾過的壓力，我是為了更健全的身體與心靈，我付出了我得到的，這沒有錯。這時代的青年不是只有擁抱痛苦與拒絕痛苦兩種極端，我和棠，我們要有我們的生活，我們現在開始找。

體力勞動伴隨的激情消退後，我和棠也只是縮在六坪的小套房，過著互相干擾的生活。雙人床、書桌、衣櫃，每件物事都如此巨大而難以調度，彷彿在告訴我們，犧牲是必要的、不便是必要的，生活在我們的新居展現它的臃腫無朋。

知識分子的我們明確擁有了階級意識，以致很難正確理解我們的生活水平。上下相較都有太多對象，再怎麼不差，也好不到哪去。窮一點也好、有錢一點也好，大家都只是盡可能地追求安穩。

我們有太多必須在將來共用的物品。洗衣精、電鍋、風扇、垃圾桶，我們留不下各自的那一件，必須考慮丟棄的標準。捨棄的都是過去生活的一部分，可是一對年輕的戀人啊，有哪一方的生活是更應該被共同否定的呢？我們接受的知識訓練都混雜太多道德與政治正確，害得接受退讓的那一方往往感覺自己太過驕縱而深深自卑，退讓的那一方反而得趕緊好言安慰。

而這些只不過是標準的難關罷了。共同的生活將是我們愛情的第一個證明，而愛情總是必須被證明的。在臺北獨居這麼多年，我養成了我的生活，棠有她的生活，我們因此不同。人們總是如此被城市的巨大分化，但隔閡終究會彼此穿透的吧。

棠正在調養身體，敏感到簡直像解除了人類的某種安全機制，有時一個情緒起伏就從十一二點開始虛脫，接著斷斷續續的反胃、嘔吐，直到一兩點才能上床休息。住在一起讓我能夠免除文字訊息和電話的遙遠，我可以在她難過時拍拍她的背或摸摸頭，但依然難以消除我的無力感。

二〇一六年的動盪不下於二〇一四。輔大、母豬教到同志遊行，個人身心的創傷透過社群網路的戰爭增幅再引起更多個人創傷的共振，激情缺乏一個集體宣洩的場合，微小的傷害便不斷增加。

每個事件的根源都來自性別。雖然並非如此，但對棠、也就是對我們來說，性別是如此巨大，只有性別是不得不去回應的。

身為如此正常、幸運的異性戀情侶，我們總要在這種場合尖銳的劃分彼此，進以更好的未來為目標的互相傷害。聰明而強悍的異男總是很快學會如何站到弱勢的立場發聲；身為軟弱的異男，我沒辦法假裝我身上那些令人厭惡的氣質完全不存在，當我急切地告訴棠，我們的缺乏同理心、加害行為和控制欲其實只是示弱的表現，我得到的回應，最好也是「情感上暫時無法接受」。

在事件的鋒頭上，與我互相視為朋友的人衝著死異男一片撻伐，我最親密的愛人也同樣無法體諒，更好的未來以前度日如年。正因為我的軟弱，「乾脆逃到異男比較強勢的地方吧」之類念頭在我腦裡閃過了無數次。但就算如此，我也只是從反父權的壓力逃到父權的壓力下罷了，到處都是時代。

棠無數次悽慘地哭著，對我說女人的身體好辛苦。

我說，妳把自己關在女人的身體裡，也把我關在我的身體裡了啊。會被哭著嫌棄的身體，和被訓練成無法哭泣的身體，有哪一個是更幸福的嗎？

而我們的房間終究也只有六坪大。棠只要一被觸動，整個房間就會浸泡在她的情緒裡。若是我也被觸動而我不忍住，我們就要承受彼此反覆疊加的負面想法，於是我們吵架。

所以通常我忍。

反正男人就是笨拙，終究是比較經得起耗損。我要求自己必須照顧棠，可常常得等到她上床後的兩三個小時才平復到能睡覺的程度。我的作息越來越顛倒，棠感覺自己造成錯誤，反而更需要我多花時間陪伴才能入睡。

只要習慣了就好吧。生活總得經歷磨合。

我們沒有為了太多事情爭吵，甚至更加感覺到同居生活的親密。我晚歸時帶回宵夜，棠早起買蛋餅順便替我泡咖啡，颱風將來的黃昏一起散步到幾個站牌外的超市，把我們愛吃的食物飽飽地在小冰箱裡堆成一兩天的樣子。但晚睡的惡性循環始終難以停止。那是一個徵兆，顯示有些很糟的事正無法停止地歪斜下去。

即使是沒有什麼事件的平靜日子裡，棠也會因為月經陷入虛弱狀態。若是狀態輕微一點，棠只有輕微的身體不適，那就是我以男友身分重新建立成就感的最好機會。

長期的調養下來，棠很清楚自己在什麼狀態下需要什麼，我則樂於在她的指揮下完成一切動作，從睡醒就用溫柔的低音說話、把手溫熱了放在下腹直到棠有睡意、剪下棉條盒子上的商標去屈臣氏一個個比對找到正確的牌子。

我的身體沒有定時引爆的痛苦，我的身體適合行動。

如果可以，我更樂於擔任承受痛苦的那個身體。

棠在網路上看了讓男人體驗月經痛苦的各種實驗，說男人永遠無法體驗有月經的感受。我很不滿，我說很多女人也沒體驗過在戀人的經期照顧她的感受。我總是浮現一個想像：若是我成為半殘，我會不會對耐心替我打點生活的棠說出同樣的話以示報復？棠會不會原諒我？

我知道我們感受到的被辜負來自不同的兩條脈絡。說到底，我們的身體是不同的兩種，我們連這麼基本的事都無法互相理解，我們的愛情之間有如此巨大的阻礙，憑什麼要被說這是正常的、這是幸運的？

若是月經引起的症狀嚴重一點，棠的各種負面情緒會連帶著被牽動起來。失去棠的指揮，沒有子宮的我沒辦法解決任何問題，只能盡力按捺身體裡被引出的煩躁感覺，告訴自己這就是註定的責任分配。

等棠的月經過去了，一切又會好轉。

等事件的熱度消退，生活又能回到原本的樣子。

但直到下一個月、下一次事件以前，我們都沒來得及找到早一點睡的方法。晚睡成為我們曾互相傷害的證據，即使每一次我們都成功度過了，也都還有某個部分沒有順利消弭，我們依然在折磨彼此。每晚我躺上枕頭，窗簾泛出的白光都越來越刺眼，彷彿宣示某個時限即將到來。

又一個月初，棠的月經夾著PTT新一波的仇女事件到來，強烈的不安與憤怒變成了劇烈的疼痛、噁心、痠脹，棠的虛弱程度遠遠超過搬來永和的前幾個月。經期第一天早上，棠哀求著叫醒我、請我去買點食物。棠早在一週前感覺到排卵時就開始擔心，我也早有了隨時振作起來的心理準備，但身體還是被挫折感拖著毫無氣力。

長期晚睡讓我在白天時嚴重精神不濟，這一天又特別嚴重，連講些安慰的話要棠不必愧疚都沒有辦法。棠的食物買到，我一聞味道就反胃，結果整天都毫無食慾。我問我可以照往常去圖書館寫論文嗎，棠說可以。我去了但我只能對著電腦揉眼睛，平常再累也只是工作時間縮短，但這天我大腦一片白茫茫，連進入工作狀態都沒有辦法，只好提早回家陪著棠，順便把晚飯一起買了。

我突然非常想念家裡的飯菜，味道擅自在嘴裡漫開，連不曾注意過的調味都清楚地浮現出配方。我在全聯買了一人份的食材，在恍惚中做了海鮮瘦肉粥，傻楞楞吃著，平常太少下廚所以不怎麼好吃。

棠問不是很累嗎？我說好像也不是。

我不是注重身體的人，是跟棠交往後，才開始跟她學著辨識身體給出的各種訊息，只是學得很慢。

我說累的不是應該是妳嗎？棠說時間還沒到。

晚餐後我突然有了精神，但身體還是病懨懨地只想躺床。我們從九點就開著燈並肩躺著，像沒什麼特別的事一樣悠哉地聊天，偶爾打鬧一下。棠開始不舒服了，我就伸手給她一點熱度。

棠的情緒像往常一樣傳過來，浸透我的身體。我甚至能感覺到身體的輪廓。我沒有從裡面感覺到任何排斥的力量，沒有挑動、沒有理解、沒有共鳴，只是單純的穿過了。

很多東西都沒有了。

往後兩天，我的身體狀況還是很糟，但沒有糟到無法照顧棠，反而我們一直錯開的生活步調逐漸合而為一，就是兩個人整天躺著休息。棠恢復一點後，我告訴她，我覺得我這幾天跟妳同步了。

我知道女生住在一起經期會逐漸同步，也知道男人在妻子懷孕時有可能出現懷孕症狀，但男人也會有假性月經嗎？

我在 google 上查了一下，但很快就決定放棄。這不是我的專業，我覺得這樣很不錯，只是一廂情願的幻覺也無所謂。這還不是我最政治不正確的幻覺。

我也並沒有腰痠、沒有腹部絞痛、沒有拉肚子或頭暈，也許頭暈有吧，當時整個腦子都鈍鈍的。也許我該全力否定假性月經這種標準異男式自我滿足的想法，但我就是浮現了這個念頭。也許是棠對女性身體的明確自覺，透過濃烈的情緒影響了我，從心神到身體。

隔閡終究會彼此穿透的。

畢竟我們的房間只有六坪大。我們的生活是我們共同的生活。在這裡，我們是一體的。生活沒有它理所應為的樣子，生活是我們的樣子。

我們決定一起丟掉過剩的責任感。以自殘的方式表現「必須照顧對方」的意志，這並非愛情的證明。我們不願相信自己真的能給出愛，只好不斷以失眠懲罰自己。也許這曾經是我們能夠在一起的原因吧，但我們的自卑正在傷害對方。

是時候丟掉它了。要相信自己正在給予對方需要的愛，要相信自己能夠，要幫助對方相信他能夠的。告訴對方「我正感覺到你的愛」，這成為我們維護共同生活的最重要課題。

我的確是更堅毅的，但我的隱忍依然代表獨掌大局的自負；我的確是更冷漠的，但我的理性可以讓我們在受衝擊時回歸安穩。而我即使是難以表露感情的，每天每天來自身邊的情緒也逐漸將我軟化，棠身上令我深深讚嘆而著迷的豐富表情，也逐漸成為我的。雖然只在這個小房間裡。

某晚，我們開著燈在床上躺。棠說，一起住之後都沒有發生她當初害怕的事，真是太好了。我才意識到，我已經不太能回想起一個人住的生活了。我還是記得在文山區的頂加看著一〇一刷牙、喝酒或劃火柴的畫面，但我不太能確定當 時的心情。

真是太好了。我做了什麼？我怎麼值得？

時間真是可怕。不知不覺中，我們的生活已經是同一個生活了。棠說我們不可能養得起小孩，那也無所謂，我出一點、妳出一點，在我們的呵護下日漸成熟，我們的生活不也是這樣子融合產生的嗎？

我們沒有繁衍後代的勇氣，幾乎也沒有生存下去的勇氣，更沒有逃離臺北的勇氣。我們還沒有從孕育自身的混沌中找到光芒，如果就這樣離開，我們就只能承認自己也只是一團混沌，我們將什麼都不是。

但我與另一個人相愛了，找到了一個不只是我的生活。拼裝的分租套房、六坪大的房間、晨昏顛倒的日子，這都不那麼重要了，我們躺的床墊可是一起跑了大老遠買到的。

我感覺自己也許已經從泥淖裡抽出了半身，雙手有了形狀，也找到足以施力的支點。但那灘泥淖，那究竟是隻身一人的孤獨、還是失去個體邊界的集體失落？

我們在住家附近的觀光夜市裡物色攤販，想找個介於晚餐與宵夜間的清淡熱點解饞。棠身體裡的燥熱隨著夏天過去稍微好轉，情緒起伏也安定下來，週末的夜市人潮不再那麼令她感到威脅，但我們的手還是牽著，只要棠的 Pokémon Go 地圖沒有什麼必須收服的東西突然跳出來。

棠突然拉住我，說你看你看這個剪影出現了它在附近！

我說在哪裡？棠說不知道。

反正這附近都是我們的地盤。我們走遠一點，到處看看吧。

晾她的衣服

我和棠沒有約定家事分工的方式，只是單純各做各的。我習慣讓共用空間保持整潔，她需要乾淨的個人空間，開始同居後，我們很快找到彼此都感到舒適的分工方式，各自打理各自需要的部分，不過最後只有我的個人空間特別亂。

有時候我們也還是需要對方幫忙，比如她需要有人扛行李上樓的時候、比如我不知不覺快把自己逼到生病的時候。我們都一個人在臺北生活過好幾年，有些事並不是變成了共同生活就做不到，但我們確實慢慢地在改變。

替她晾她的衣服，這是我沒有預料到的家事。陽臺的晾衣桿實在太高了，她踩著凳子也很難夠到，我理所當然接下了這個任務，她則主動替我把習慣攤在床上的衣服摺好。

將她的衣服掛在衣架上時，我幽幽地想著：開始了，終於，看來就是現在了。從國小開始，媽偶爾會叫我去陽臺把晾好的衣服收進來，再順便摺一摺，大概是擔心男孩子被慣壞了，要先養成做家事的習慣。

在日光被窗簾濾成一片昏黃的寢室，我坐在床邊，將家人的衣服一方一方慢慢疊起。到了青春期，這個光景多了些難以排遣的煩悶。我會趁家裡沒人時把衣服收進來，像平常一樣慢慢疊好。疊到媽的內衣和外衣時，我會比平常稍微仔細一點，像偷看一樣地，觀察女生的衣服有什麼不一樣。

媽的正裝大多送洗，讓我摺到的衣服大多很樸素。領口更寬的T恤、褲管更短的短褲，綴滿蕾絲的連身睡衣，三個開口都有鬆緊帶、老是要花半天才能搞清楚哪邊是上面的內褲，還有，胸罩。這些是我僅能接觸到的女性衣物。

抱著一種接受宿命的心境，我徐徐地想：做為男人，我遲早必須面對一些考驗，我必須做好準備。將來某天，我必須面對某位女性，與她幸福地生活。當那個時刻到來，我必須掌握關於她的一切知識，要熟悉她這個人，當然也要熟悉她的衣服。我要學會欣賞那些衣服、學會在她挑選時給出意見，要知道她無暇顧及家務時如何清洗和收藏，也許、或其實並非也許，我還得學會更多。

那麼，現在就要開始了。一件一件將她的衣服晾起時，我告訴自己，要對這些衣服謹慎、要有耐心，輕薄的外衣要用夾子夾好，沉重的棉裙用結實的塑膠衣架晾，寬鬆的罩衫要仔細確認哪個洞才是領口。我必須當個溫柔體貼的男人，在她的面前是，在她的衣服面前也一定是。

但她畢竟是和我同齡的女性，衣服的種類和款式完全超越了我的媽媽資料庫。好幾次她到陽臺想看衣服乾了沒，結果都是帶著衣服和衣架回到我面前，用無奈但溫和的語氣告訴我，這件不能這樣子晾。

圍巾不是牢牢的固定在衣架上就好，還是要攤平再晾，這樣一圈一圈纏著，看起來跟烤肉桂卷的麵團一樣。

這毛衣短版緊身所以下襬比較窄，它的高領脫水時翻起來又比想像中長，結果最後被晾起來是上下顛倒的，注意一下肩線在哪就不會搞錯。

細肩帶的衣服要用有凹槽的衣架晾，不然衣架再大都很容易被吹到地上。內搭褲是會變形的，你看這衣架太大，這兩邊都被撐出一個角角……她說，如果不知道怎麼晾，下次先問她就好。

我試著辯解，我不是不知道怎麼晾，我有動腦想過了，只是這真的超出我知道的太多。畢竟她知道的，我的衣服根本只有T恤和牛仔褲，從國中開始就這樣了。

仔細想想，離家外宿也十年了，我的衣櫃還是幾乎沒有自己買的衣服。每次回家，爸媽都會塞些衣服讓我帶上來，通常是媽發揮品味在市場裡淘出的T恤，還有爸希望兒子有點成人架式，特地買來的 polo 衫和襯衫。天氣轉涼時，家裡會緊張寄來新的發熱衣，再加上堂姊多年前送的外套，這就是我全年洋蔥式穿搭的所有層次，下半身裝備的當然是高中穿到現在的破爛牛仔褲。

我也不是對衣服沒興趣。陪她去買衣服時，我經常和她一起討論：這件好看但跟妳平常揹的包包不搭，這件符合妳給人的印象，不過這個色系的已經多到可以配兩三套。或者我玩的遊戲有紙娃娃系統，我會花不少時間幫人物配衣服，前陣子走的是民族風，今天拿到了鉚釘背心，那就來配個龐克外型吧。

幫比例完美的虛擬人物搭配很快樂，但如果素體是我自己，唉，還是算了吧，怎麼樣都不會好看的。同輩朋友出社會後一個個變得人模人樣，我的日子還是整天待在住處和圖書館寫東西，穿得和過去沒什麼兩樣。

有些比較常穿的衣服，是和她交往後買的。剛在一起那時，我們約在景美吃晚餐，我想說就在附近，穿個吊神仔海灘褲就出門了。晚餐後我們去夜市裡的服飾店，她幫我挑了幾條短褲和一件外搭襯衫。還有一次是我輕裝從高雄北上，發現臺北正淒風苦雨，她拉著冷得要死的我逃難到車站附近的GU，買了件帽T給我禦寒。這兩間店我都只和她去過，就那麼一次。

還有一些衣服，原本其實是她的。有天她對著一條穿不下的深藍色牛仔褲大發感嘆，我試著套上去，覺得褲管和腰都沒問題，只是襠部太窄，卡得我不太舒服。她一邊懊惱抱怨，一邊表現得像是嘆為觀止，不知道為什麼，這樣的反應讓我暗自開心。那天到晚飯時間，我還是穿著那條不太合身的褲子出門，沿路忙著提高垮下的褲頭。

我穿得下她的衣服，而且穿得很開心，這代表我們很親密吧？

我一直都是體格細瘦的男生。長輩們看到我，說的總是「怎麼都沒長肉」、「你媽媽是不是沒煮飯給你吃」之類的話。但同輩的人，尤其女生們不會。她們會看著我的手臂或小腿慘叫，笑著大喊「也太細了吧」，如果我接著用兩指圈住手腕，或是報出腰圍數字，馬上又是引起另一片哀號。

比起看見美麗的事物，那或許更接近對某種奇觀發出驚嘆。就算是這樣，我也覺得滿足。

我不會因為瘦遭到責難或嘲笑，但也不會得到一般人對男性身體的稱讚，我的身體是得不到注視的身體。青春期開始以後，我變得經常往鏡子裡看，看的不是我的臉，而是我臉上的青春痘。那些痘痘永無止盡地長，我也永無止盡地去捏去擠、去破壞它們。媽偶爾唸我幾句，說以後就知道了，但也沒有人嚴厲地告訴我該怎麼做、不該怎麼做。

有一天我發現，我在鏡子裡看的不是自己的臉，而是臉上的瑕疵，我就不再把視線放在鏡子上，不看臉，不看身體，也不看衣服，我自己暖和涼爽就夠了，反正從來沒有人對我的外表有期待。

經歷了青春期，開始有男女交往的經驗以後，安於原狀的我終於知道了：在異性的眼光裡，我的身材肯定是顯得弱不禁風，一副靠不住的樣子，讓人缺乏安全感。但我假定這件事沒那麼嚴重，沒打算運動健身或學習穿搭，畢竟就算沒人說我帥，至少也沒人說我難看得要命，或許我還是沒問題的吧——直到我跟她在一起。

和她在一起越久，我就越執著於做一個溫柔體貼、富有內涵的男朋友。我們欣賞彼此的內在，她同時也重視自己的外表，而我沒辦法打理自己，不知道怎麼做、也不知道從何學起。我絕望地認定，外表這件事已經沒救了。如果內在的我不能時刻表現得完美，那就永遠不會有人要我。

在那個昏黃的寢室裡，我拿起媽的胸罩，仔細研究背後的排釦。外表不夠完美的我為了不被拋棄，必須充實我的內在，包括如何溫柔地褪下那些衣服。我把胸罩放在腿上，將背後的扣子扣起，接著解開。沒有想像中的困難，但似乎又不太對。

我拎起胸罩的肩帶，將它們掛在我的肩上，接著挺起胸膛，雙手背向身後將釦子扣上，確定胸罩有被好好撐起來，接著，我開始嘗試用一隻右手、靠一次捏擠，想像在一個浪漫的情境中將背扣解開。

大概就是從這一刻開始，我逐漸成為一個異男。

那條深藍色的牛仔褲，我只在難得的正式場合穿。她也試著給過我一件大衣，但肩線實在太窄，憋得我喘不過氣。這個身體終究還是男人的身體，我不能永遠靠穿得下女生的衣服來逃避，我也得學會怎麼打理自己。

某一年的入冬，我發現衣服不夠禦寒，猶豫幾天後終於鼓起勇氣，問她能不能陪我去附近的Uniqlo。她很高興，說你居然會主動想買衣服，我只說嗯。我很緊張。

我要為自己買一些衣服，每個人都很熟悉這件事吧，但我居然活了快三十年才準備面對，一想到就幾乎被自己的羞愧壓垮。走進Uniqlo的瞬間，我的視野立刻浮現一層薄薄的白霧，心跳加速，噁心的感覺從喉頭湧上。

她說，我去女裝那邊你慢慢挑嗎？我說陪我一下，很快就好。我太大意了，以為Uniqlo是平價品牌就比較容易親近，但這裡品項太充足了，懂得穿搭和不懂的人一眼就會被看出來，我已經穿著掉色的T恤和牛仔褲走進來了，要是待會稍微有點猶豫的態度，其他客人肯定會偷偷笑我。

我反覆告訴自己：我只是需要保暖的東西、我只是不想感冒，快速地在層架間繞了幾趟，挑出幾件衣服，然後直接走向櫃臺。

不用試穿嗎？她問我。我說不用，早點買完早點回去。

隊伍緩慢地前進，我一直捏著拳頭。她說的對，我應該試穿的，但試衣間給我一種對答案的壓力，要是工作人員遞號碼牌給我時冷笑一聲，我一定承受不住。但要是現在才掉頭去試衣間，其他排隊的人會怎麼看我？

離收銀臺還差兩個人時，我鬆開拳頭，湊到她耳邊，小聲說：我覺得還是不行。也不管她的反應，我轉身離開隊伍，把衣服放回原位，拉著追來的她落荒而逃。

在這之後，我偶爾回想起自己買衣服買到恐慌發作，都忍不住想笑，我想這是我的創傷調節機制，只要把它當成一件好笑的事，就沒那麼嚴重了吧。

我和習慣打扮的男生朋友聊買衣服的事，找些關於穿搭的漫畫看，出門前緩下腳步，問她我這樣穿會不會很奇怪。她每次都立刻回答，不錯啊、很好看啊，很帥。我覺得她只是在安慰我。

某個下午，她說整理了一些要回收的衣服，請我幫忙扛去回收，我說那我也順便吧。我打開衣櫃，把那些一團團塞在裡頭的東西全部翻出來。袖口泛黃的襯衫、領口發皺的T恤、褲繩打了死結很難穿脫的七分褲，我把它們一一摺好，和她的舊衣服一起裝進袋子。我們散步到街角的回收箱，留下那些衣服，然後繼續散步了一段時間。

最近的一次換季，我們一起去附近的百貨公司添購衣服。男裝在二樓，女裝在一樓，我們說好晚點碰面，暫時分頭行動。我有點遲疑地拿了幾件衣服，走進試衣間，脫下身上的衣服，看著全身鏡裡的自己。

我還是有點反胃，心跳也比平常快。我拿起店裡的衣服，穿上它們，看著鏡子裡的自己。穿起來比例如何？我今天預算多少？衣櫃已經有哪些衣服？輕微焦慮的大腦把問題一口氣打翻，思緒一下子斷了線。我做了一個深呼吸，把問題一個一個撿起來，緩慢地、確實地告訴自己答案。

一個人還是有點緊張，我在賣場和試衣間來來回回，剛意識到自己好像花了太多時間，轉頭就看到她搭著電扶梯上樓，手裡提著剛結完帳的衣服。

我覺得自己有點搞砸了，但手上還拿著要試穿的衣服，只好說先等我一下，趕緊抱著衣服衝進試衣間，好不容易才結完帳。

我們走出百貨公司。她笑著看我，說：你說等我一下的時候，很有自信，很帥。我說才沒有，我快吐了。

回到我們同居的住處，她習慣買來的衣服先洗一遍，我倒是無所謂。她的衣服洗好了，我提著衣籃走進陽臺，抬頭望著晾衣桿。晾滿衣服時，這裡是我們的日常；而此刻空蕩蕩的衣架逆著陽光搖動，各有不同的細節，隱隱然有股神聖氛圍。

我拿起新來的衣服，仔細地，把日常的畫面一一填滿。

一則預告

大家好，來報告一下，我跟巧棠會在四、五月左右搬離臺北，到臺南生活。我們會繼續接案，歡迎大家找我們寫東西。

決定搬離臺北沒有單一理由，只是突然意識到，我一直認為待在臺北是理所當然，但其實不是。既然如此，那就換個環境看有沒有比較舒服，差不多就只是這樣。

二〇二〇年初，我回高雄投罷免票，順便被找去滅火器的新書發表會當主持人。我當時 set 了一個問題，問滅火器未來有沒有跟高雄有關的計畫，讓他們可以講火氣音樂要搬到高雄的事；沒想到在結束前，誠品的聯絡人把同一個問題丟給我，好心做的球被撿來突擊，我只好說真的沒有想過這件事，覺得歹勢。

發表會散場後，我在誠品對面的月光劇場看鳳新熱音社成發，總共聽了三個不同的樂團 cover〈長途夜車〉，心裡想不是啊你們根本還沒離鄉吧。表演看完，我去找傳說中的空腹虫想吃晚飯，發現它開在傳統市場裡面，附近還有很多有趣的小店，逛一逛覺得，哇我真的很久沒回來了，好想回家喔。

這個念頭只是當時隨便冒出來的，還沒有到真的想做的程度；但我也才想起來，我在臺北待得太習慣了，完全沒想過住在其他地方的可能性。剛好巧棠也有類似想法，我們去年討論了滿長一段時間，最後決定搬到臺南，因為我們覺得臺南很棒。

高中畢業北上，到現在差不多十三年，我一直很喜歡臺北，要離開是會有點不安，但算算待得也夠久了。我一定要說，原本以為搬離最捨不得的是 live house，但三級警戒告訴我，離開後最讓我痛苦的會是萬能的臺大圖書館……

不過，以後要偶爾北上、甚至再搬回臺北也行。難得工作允許，沒必要一直待在同一個地方。順帶一提，這也是決定寫《臺北是我的夢幻島》的契機之一，之後想跟大家好好介紹彼得潘的原著小說。

所以就是這樣，沒有操你媽的臺北，也沒有留落來地方打拚，就是跟臺北朋友講一下掰掰、要約來約，編輯朋友請等我確定住哪再更新地址資料、有南部寫手需求請想到我跟巧棠，我們去臺南啦！

2022.01.20

再南部

剛搬到臺南那幾天，我偷偷跟棠說：我們的彩度是不是比其他人高啊？我們的上一個租屋處還在萬隆，這一個租屋處就跑到了臺南東區的東邊，比起中西區，離仁德、永康還更近一點。

棠新竹人，我高雄人，我們從大學開始在臺北待了十幾年，人生中自由探索的時間大多集中這段時間，對老家的印象匱乏到家裡學校兩點一線。我在臺北說自己是高雄人還滿引以為傲，被問高雄哪裡好吃好玩，一開始還會支支吾吾，後來抬頭挺胸說我根本不熟。必須承認，以人格養成和認同感來說，目前的我是半個臺北人。

也因為這樣，剛搬到臺南時，我過得有點戰戰兢兢。平常放假回家，我吸到南部空氣就自動開啟臺語模式，現在到了臺南，感覺店家看我都像看觀光客，附近住戶看我也像看觀光客，一臉不懂我怎麼會跑來這種沒景點的地方，我開口反而不敢說臺語，老實扮演假觀光客。

棠說：沒辦法，誰叫我們穿這樣。其實我們穿的只是平價連鎖品牌，但就算同樣短褲短袖，其他人看起來就是顏色淡一點。我出門自覺過於鮮豔，買菜吃飯畏畏縮縮，聽店員說謝謝拜拜總一時語塞，最後總是繃著臉和人保持不用對話的距離，像個標準刻板印象中的冷漠臺北人。

今年第一波寒流來的那天，我在棉被裡昏昏沉沉，恍惚中浮現高中早起的記憶，好像整個人回到那個時空。對啊，那時冬天，室內的空氣就像這樣，乾冷舒適，天光微曖。

回來了。我用身體的全部感受這個想法，一邊像做夢一樣醒來。

寒流過去的某個晴天，十一月，太陽依然很大。我跟棠出門散步，走著走著，突然感覺自己沒那麼格格不入了。我興奮地跟棠說：我知道了，不是我們彩度高，是臺南的明度太高了，其他人的顏色才會看起來比較淡。啊！搞不好太陽太大也是一個原因，導致大家衣服褪色比較嚴重……

後來我跟同樣是高雄人的編輯朋友聊些諸如此類的這個大發現，越聊越有心得，說這些題材能不能在你們家寫個專欄？

這件事後來沒有下文。

代後記

本書獲文化部青年創作獎勵補助

十幾年前，我還很積極參與社運的某個瞬間，在身邊熱烈的口號聲中，我浮現一個毫無由來的恐懼。那是一個反核的場子，臺上帶領臺下喊：要孩子，不要核子。身處盛大激情中的那個瞬間，我在想：要是未來的孩子跟我對抗的人站在同一邊，那我不就被夾在中間了？

那真的是一個缺乏線索去追尋來由的念頭，我卻像聆聽預言般莫名害怕。我相信我支持的這一切是為了未來，但要是未來的人們不認同這件事呢？想到這件事讓我聯想到孤立、自責、負罪感等等負面想法。在三一八爆發後的一連串事件裡，這個預感一直沒有真正消失，逼得我寫了一篇沒能完成的小說，直到做了一個奇妙的夢才終於消失。

在夢裡，我坐在往學校的公車上，明亮的陽光充盈車廂。坐在我對面的是個穿著學生制服的小孩，側臉看著窗外風景，向著我那一側的眼睛底下還有一對小眼睛打量著我。我們不著邊際地聊了幾個來回，最後他對我說：沒有關係的喔，語氣裡充滿了並不激烈的情感，就像那飽滿的陽光。

我很感謝這個夢，但我不覺得深究這個夢的細節能產生更多值得解讀的自我認知。我想這只是我的潛意識把對未來的焦慮處理到一個段落，編了一個清淡的故事知會一聲：你可以把這些腦細胞拿去想更有意義的事情了。

十年後，現在就是當時的未來。我對政治表態的行動力消減到幾乎懷疑十年前不小心用光了的程度，這個結果有政治環境層面的原因、有科技層面的原因，也有我內分泌和經濟狀況層面的原因。拉扯太多原因只是為了忽視真正重要的那個原因。仔細思考一段時間後，我想，對我而言最重要的原因應該是：即使我認為自己對許多價值和認同的判斷並沒有改變，但對十年前的我來說，我確實變了。而補助應該是最適合指出這個變化的題目。

曾經寫下「體驗過叫賣文學之後，真的有辦法摸摸鼻子就回頭選擇文學獎、出版和申請補助嗎」的傢伙，他現在寫的這本書，可是拿了文化部補助的！就連他的上上一本書也是！

不要再把問題推給孩子了，好好解釋一下為什麼摸摸了這個鼻子！

起心動念要處理這個問題時，最直覺的答案和第一次申請補助時一樣：因為這不是我的書。《我們的搖滾樂》的作者確實是我，但我把這本書想成某種公共財，我的任務是將公共可獲得的知識處理成更適合出版市場的樣貌，政府匯給我的錢會透過我這個人和這本書，流進社會裡需要它的地方。

那這本散文呢？散文集的作者可以宣稱這不是他的書嗎？不是嘛、聽我說，我也不是只寫了我自己的murmur，你看我還寫了一些關於性別、關於寫作、關於霸凌的事情，這些內容應該是對某處的某人有意義的，得到補助幫忙的對象不能全歸在我身上吧？

話說到這裡也該知道出問題了，有問題的不是這個答案，就是我這個人。覆盤之前，讓我先釐清一下十年前對補助的質疑從何而來。

那時獨立音樂跟地下樂團兩個詞還在吵架，「成功等於妥協」的觀念深植在樂團和還沒得到稱謂的聽團仔的內心。幾個有號召力的人在告訴大家，創作這種事應該是自己幹出來的，拿政府補助這件事總是有哪裡怪怪，可能不夠自由、可能不夠獨立，而他們也真的不靠補助幹得非常漂亮。

十年前的我受樂團文化啟蒙良多，文青基底上的小小叛逆大多和樂團長成同個樣子。十年後我發現沒補助也能成事的好幾個都是住在家裡的臺北人，才終於恍然大悟。這不是說覺得被耍還是覺得他們不漂亮了，整天上街頭那時我也在拿家裡生活費，還不是覺得自己很有理想很棒。我只是發現，我和憧憬對象的守備位置未必一樣，勉強去證明同一種價值當然會莫名吃力、懷疑自己能力不夠。

對於我關心的身外之事，我能做的是什麼？

回看叫賣文學這件事，不忍卒睹和不忍忽視的心情同樣高張。就是那麼決絕地相信自己已是一無所有、無計可施，才能行動得那麼唯一。

那就是運動傷害。

我在靠信仰和激情麻醉遭到重挫的心理，並祈禱這個過程對外產生一些正面效應。

十年過去，國民黨從看似不可能打倒的巨大黑暗，變成替中共這個更巨大黑暗踹門的鑽營小人，打法和從前的堆屍送頭已經完全不同。曾經除了生命和寫作彷彿一無所有，現在我有了還算踏實的生活，思考和等待的餘裕多了一些，老實說沒什麼機會再湧出過去那樣衝鋒陷陣的憤怒，日常中體育競賽一樣看政治攻防，假裝內行地驚嘆這個攻擊厲害、那個假動作高招，日子到了才去好好投票連署。

青鳥行動出現時我已在臺南。我在集結地點的臺文館停好機車，第一時間還是先看集會範圍到哪、警力配置如何，補給和廁所有哪些點位，心裡畫好地圖，才開始看其他人的臉和標語。

我的戒備顯得有點多餘了。和十年前相比，這真是溫和許多的現場。在我的十年前，肯定也有其他人拿他的十年前來感嘆溫和。這是我們為一直以來關心的身外事，所做到的成果。

回想十年前有個論調，說民進黨的光譜會漸漸往保守那邊靠，把國民黨的淺藍族群慢慢吃掉。當時我聽得心慌慌：民進黨就該是民進黨，是和我們一起撞門守夜的民進黨，怎麼可以變得再更國民黨一點？沒想到十年後預言成真，國民黨慣用的中華民國等論述一個一個被民進黨吃下來，最近新聞連兩蔣都有人說是民進黨的，臺灣人的政府和認同也遠比過去遠離中國。我對政治沒什麼值得分享的見解，但有這麼目光高遠的人在規劃和實踐，我也樂於回家做好自己擅長的事，等關鍵時刻再出力就好。

偶爾同輩哀怨年輕世代相信柯文哲黃國昌，我想到從前的不成熟，要是我有政治意識以來一直是民進黨執政，肯定也會覺得他們就算不那麼壞也總有一些是壞的，其他選擇沒那麼好也總是有機會更好。朋友在投票前後怒指哪些年輕晚輩投了哪個令人髮指的，我說我投過最值得的票就是馬英九那張，我往後一輩子都願意為了這個污點努力。

如果你還沒燒書（誰還燒書現在都嘛直接燒作者），那我們總算可以講回補助，或者最近比較多人說的，要飯。大家都說惹到文人恐怖，我不認為陳玉珍等會覺得哇哇被記這一筆好恐怖，但記一下也不吃虧。

會選擇申請補助，是因為我想要把做其他賺錢工作的時間拿來寫東西，但還沒辦法單靠寫出這些賺到令我滿意的錢，其實就是這樣而已。過去那個拿家裡生活費上街的傢伙很熱血、很值得尊敬和珍惜，我願意支持這麼做的人，也接受他們對我的不認同，但我已經決定換一種方式過日子。除了做出獨立的決定，也要過獨立的生活。從補助得到的收入在這件事情上幫了我很大的忙，和其他找我寫作、採訪，讓我有機會做好玩事情的人一樣。極盡煽情地說，無論如何至於讀到這行字的你也是其中之一。

其實補助這題已經被講過太多，實務上早就輪不到我發表意見，我想我寫到承認改變就好。

文化部規定拿到補助的書要附上獲補助的文字，《我們的搖滾樂》出版時我自命只是拿錢而已，細則什麼的根本沒放在心上，最後苦的是編輯恩霖在書印完後一本一本貼貼紙說抱歉抱歉這是文化部補助的；現在的我是個成熟負責厚臉皮的大人了，我就模仿百合花和輻射魚市都做過的，讓這行規定要放的文字出現在一個足夠顯眼的地方，大家互相幽默一下。

代跋

熊要搬回南部了

◎蕭詒徽（寫作者．自由編輯）

2021 Sep.

熊要搬回南部了。

每一次說這句話，我都有一種不是我在說話的感覺。

熊要搬回南部了。

熊要搬回南部這件事為我的人生帶來兩個問題。第一，我最好的朋友要離開臺北了。

我一個人在臺北，又變得更小了一點。

第二個問題比較難：那我為什麼還不搬回南部呢？

●

十年前某次連假，我們第一次一起聽團。是個玩英倫搖滾的團，電樂器的聲響很有禮貌地撞我。受不了耳鳴的我拍拍熊的肩，說我要先走了，也不知道他有沒有聽到。

我轉身離開，並不擔心他會不會擔心我消失。我似乎總覺得他會這樣想：那傢伙要是不見的話就只是去了哪裡而已，並不是消失。

至於為什麼我從來沒有質疑過「不見不等於消失」這種幹話，我不曉得。

或許我不必那麼緊張。剛到臺北的時候，我們都很小。小到我們一起去看一間二十五坪的房子，加上我和他要給六個人住。那時的我們覺得那樣剛好。

就算真的變小，頂多是回到那時候而已吧？

那時候，總覺得連假是把連假裡的每一天拉長。他和其他室友都比我更常返鄉，還真有幾次房子裡只剩下我。一個人擁有房子的全部，那時的我以為，那就是變大的感覺，並且那就是將來的樣子。

假期結束後所有人一一出現，臺北又變回原來的尺寸，我也是。悵然之餘我問大家要不要叫宵夜，亟需得到填充物來撐開自己的身體。

十九歲的我吃得很多，點個鹹酥雞也要兩百塊。傷心的時候我吃得更多，也許那時還分不清填滿和充實的區別。大二分手那天，我一個人蒸了一杯半的米，把冰箱裡好幾盒火鍋料全部用味噌煮成一鍋。結果，吃了兩口就吃不下。

一個人原來可以變得那麼小。

我拿鍋子去沖洗，拉掉流理台濾網想讓礙眼的米飯快點消失。不知道為什麼，總是不發一語讓一切快速通過的管路，那天卻堵塞了。

我站在那裡盯著水槽中無辜的水面。半小時後，我走到熊的身後，拍拍他的肩，感覺好像不是我在說話：「……流理台堵住了。我不知道它為什麼堵住。」

熊像在飛，快步衝到水槽前，打開槽櫃，把噎住的水管擰開。那個剎那，代替我吞下一鍋白飯卻差點噎死的這棟房子，和因為差點弄死一棟房子而失措的我，都隨著水管吐出的食物而吸一口氣。

我們拿著抹布跪在地上，擦掉了那個下午。他什麼也沒有說，但在他身邊，原本什麼也塞不下的我，卻確實地、再次感受到了饑餓。

熊是一個什麼也不用說，就能把別人變回原本大小的人。

●

先走的好像總是我。退役後，我決定和愛人同居，熊則找其他朋友一起，像以前一樣住在有房間的地方。

為什麼不繼續一起住呢？我也不知道。也許因為我們大了，所以臺北感覺稍微小了，不住在一起也並沒有太遠的感覺。

隨著工作我在臺北搬過五次家。隨著搬家次數，我的食量漸漸變小。

平日工作都忙，偶爾報復式見面，常常在他的住處待到凌晨，其他人都去睡了，剩下他和我。那些深夜到底都聊些什麼我全都忘了，反正大意都是一樣的：我大概是在說從前總覺得自己變大的速度比這個世界快一點點，現在，卻好像越來越慢。如今連假是把連假之外的每一天變短。而他，大概是不停地告訴我，我還是像以前一樣。

我其實並不是那種希望自己和以前一樣的人。第一份工作是夜班編輯，作息與過往認識的人相反，我卻樂於享受和他者斷絕關聯的舒適。與別人變遠的過程中，我同時也與他們眼中那曾經小小的我變遠，那感覺好安全。好像變大是沒有代價的。好像我並不是失去了他們，只是沒有辦法——我相信，他們就在那裡，只是我不去碰觸。

就這樣度過在臺北的第十一年。難得有天，工作上需要聽的團剛好是他也要聽的。我到的時候他已經站在前面，我拍拍他的肩，他咦了一聲，站到我旁邊。

現在想想，我好像太習慣拍拍他的肩，他就變成我的，的這件事了。

那晚，他告訴我，他決定要搬回南部了，和他的愛人一起。

熊要搬回南部了。

臺北將減少兩個人。用最粗暴的除法，留下來了的我所擁有的空間應該是變大了才對，不過事情不是這樣的。事情是，他們在不在那裡，與我碰不碰觸無關。以前我不用去想這件事，是因為熊。

是因為熊在每次我碰觸的時候都在，我才得以無限延後關於消失的理解，並且得以當那個不斷先走的人。

●

十一年了。終於有一次是他要先走。

其實我留在臺北，無非就是想要變大罷了。總覺得，留下來就贏了。然而，決定先離開英倫搖滾團表演的那天晚上，我並不是因為覺得自己很小才走的。我只是想要去別的地方而已。

他也只是想要留著。

熊要搬回南部了。那傢伙就只是搬回南部而已，並不是消失。

我想，他也是這樣想的。

AK00450

臺北是我的夢幻島

作　　者──熊一蘋
執行主編──羅珊珊
校　　對──熊一蘋、羅珊珊
美術設計──廖韡
行銷企劃──林昱豪

總 編 輯──胡金倫
董 事 長──趙政岷
出 版 者──時報文化出版企業股份有限公司
108019臺北市和平西路3段240號
發行專線──（02）2306-6842
讀者服務專線──0800-231-705・（02）2304-7103
讀者服務傳真──（02）2304-6858
郵撥──19344724時報文化出版公司
信箱──10899臺北華江橋郵局第99信箱

時報悅讀網──http://www.readingtimes.com.tw
思潮線臉書──https://www.facebook.com/trendage/
法律顧問──理律法律事務所　陳長文律師、李念祖律師
印　　刷──紘億印刷有限公司
初版一刷──二〇二五年七月十一日
定　　價──新臺幣三八〇元
（缺頁或破損的書，請寄回更換）

時報文化出版公司成立於一九七五年，
並於一九九九年股票上櫃公開發行，於二〇〇八年脫離中時集團非屬旺中，
以「尊重智慧與創意的文化事業」為信念。

臺北是我的夢幻島/熊一蘋著. -- 初版. -- 臺北市：
時報文化出版企業股份有限公司, 2025.07
面；　公分

ISBN 978-626-419-619-2(平裝)

863.55　　114008156

ISBN 978-626-419-619-2
Printed in Taiwan

本書榮獲 文化部 MINISTRY OF CULTURE 青年創作獎勵